SHANGHAI LITERATURE & ART PUBLISHING GROUP

故事会
精品系列

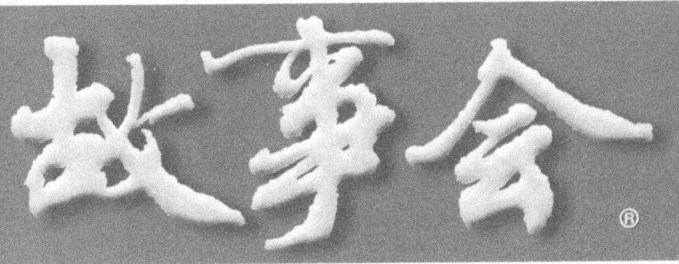

打工故事

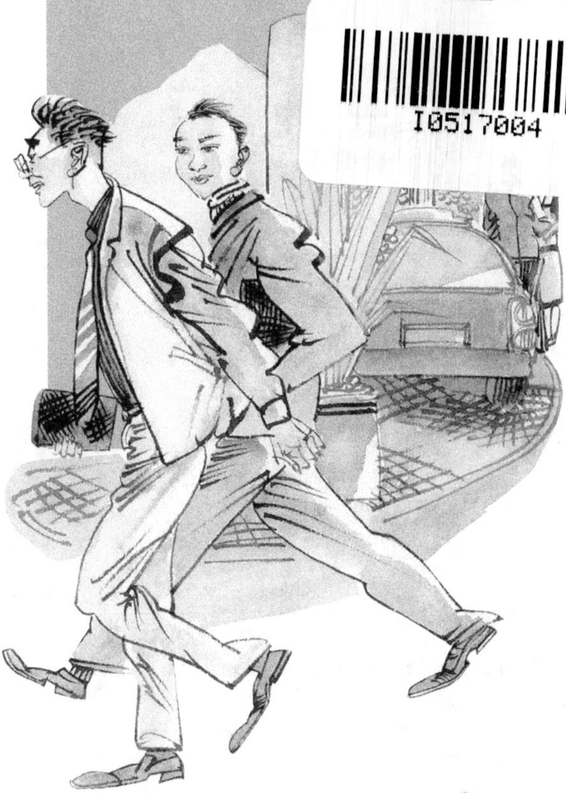

上 海 锦 绣 文 章 出 版 社
上海故事会文化传媒有限公司

上海文艺出版（集团）有限公司

图书在版编目（CIP）数据

打工故事 《故事会》编辑部编 - 上海：上海锦绣文章出版社
（故事会精品系列） ISBN 978-7-5321-1859-5

Ⅰ．①打…Ⅱ．①故…Ⅲ．①故事 作品集 中国 当代 Ⅳ．I247.8

中国版本图书馆 CIP 数据核字（2001）第 048392 号

丛 书 名：故事会精品系列

书　　名：打工故事

主　　编：何承伟

编　　委：何承伟　吴　伦　姚自豪　夏一鸣

责任编辑：刘迎曦　鲍　放

装帧设计：王　伟

责任督印：张　凯

出　　　　版：　上海锦绣文章出版社

　　　　　　　　上海故事会文化传媒有限公司

POD 海外发行：　中国图书进出口上海公司

　　　　　　　　电话：021-36357888

　　　　　　　　传真：021-36357896

　　　　　　　　地址：上海市虹口区广中路 88 号

　　　　　　　　邮编：200083

海外 POD 发行版本

 上海故事会文化传媒有限公司 出品（00246） www.storychina.cn

STORIES

目　　录

闯荡都市

阿三摸彩 ………………………………… 2

两条项链 ………………………………… 9

揽客生涯 ………………………………… 17

黑蛇护儿 ………………………………… 28

寻觅机遇

应聘新招 ………………………………… 34

下岗以后 ………………………………… 38

当回老总 ………………………………… 47

孝顺"女儿" ……………………………… 54

居心叵测 ………………………………… 58

主宰命运

难锁金龙 ………………………………… 67

真情相待 ………………………………… 76

谁是凶手 ………………………………… 85

自强不息

书与遗产 ………………………………… 91

自作主张 ………………………………… 95

晓娟成才 ………………………………… 99

发财正道

汉子有情 ………………………………… 108

业余保姆 ………………………………… 112

百里挑一 ………………………………… 117

打工奇遇

傻子姻缘 ………………………………… 125

偏偏是她 ………………………………… 130

打工奇遇 ………………………………… 138

闯 荡 都 市

在命运的颠沛中,最可以看出人们的气节。

阿三摸彩

滨海市有个从外地来的打工仔,叫顾秉三,小伙子人虽长得又小又瘦,可脑袋瓜特别灵活,人称"人精阿三"。和阿三一块打工的是个又黑又壮的汉子,叫黑顺子。两个人虽然长相性格不同,但两人都有个最大的共同处——整天都在做发财梦。

一天晚上,顺子告诉阿三说,美籍华人陈松华先生出资在市里一家商店举办摸奖活动,花五毛钱买一张印着本市歌星的明星片,中了奖,就可得一万元奖金。谁知阿三只说了声"我没那么好的运气",就上床睡了。

第二天早上,顺子还在梦中时,却被阿三推醒了。阿三拉起睡眼惺忪的顺子,说声:"走,抽奖去。"顺子说:"昨晚你不是说没兴趣吗?怎么……""哎呀,此一时彼一时也!"接着,他告诉顺子,昨晚他做了个梦,梦见一只大雁飞呀飞呀,嘴里还叼着个明星片;今天早上,他醒来一睁眼,眼前又是一只大鸟,原来他放在床头的天鹅电池正好滚到眼前。阿三说到这,打了个响指:"这说明我们要发财了。你能拿出多少钱?"顺子没好气地说:"两块。""足够了。"

阿三和顺子穿戴齐整,不去抽奖的商店,却先去了邻居老马家里,连哄带骗,把老马三岁的儿子借了来,一起来到抽奖处。

这时抽奖已开始,人头济济,挤成一团。阿三并不忙着凑热闹,先在一个角落冷静地观察了十来分钟,然后才抱着小孩挤进去,递上两块钱,说:"买四张。"抽奖的小姐笑吟吟地拿过一大叠明星片让他选,阿三自己不伸手,指着那叠明星片对小孩说:"来,给叔叔抽四张。"小孩傻兮兮地伸手抓了一把,正好四张。阿三一见,大喊一声:"妙!"

回到家,阿三对顺子说:"咱们分了吧,一人两张。你先拣。"顺子说:"你先拣吧。""这可是你说的。"说罢,阿三拿起四张美人像,挑了起来。他先挑了一张纸质和另三张不一样的,又挑了一张大嘴巴长相最丑的。顺子说:"你干吗挑这个丑女人像片?"阿三神秘地说:"你懂个屁,丑女有福嘛。"

十天后,中奖号码公布,阿三和顺子去看号码。仿佛被一只无形的手提着脖子,瞪大眼睛,在榜上搜寻。顺子把榜上的数字反复看了好几遍,最后丧气地把纸片扔在地上,那两个美人头在人们脚下故作深情地微笑着。

顺子去找阿三,只见阿三手里捧着那张丑女人的像片,目光凝固在榜上一动不动。顺子凑过去一看,顿时发疯似的大喊起来:"哈,你中啦,你中头奖啦!"这一喊,人们立即像潮水一样涌过来。阿三气恼地瞪了顺子一眼,一扭身向人群外挤去。因为他来的时候,已经发现他们街头上那个被称为"虎哥"的无赖和他的伙计们正在人群里转悠,他知道他们没安好心,自己中了头奖,叫他们知道了怎么了得。他正想对好奖悄悄离去,却被顺子这么一喊来了个大曝光,他能不恼? 顺子也发现形势不妙,也急急地跟着阿三向外挤。

阿三和顺子好容易挤出人群,却被两位年轻的小姐拦住了:"先生,我们是举办这次大奖活动的陈松华先生的工作人员,如果你能出示与头奖号码一致的明星片,我们将奉陈先生之命邀请先生同陈先生会晤。"阿三想了想,就跟了两位小姐去了。陈先生三十左右,显得干练潇洒,老远就迎上来,伸出手热情地和阿三、顺子握手拥抱,然后三人在沙发上坐下。陈先生说:"我虽然漂泊海外,但情系祖国,这次出资举办活动,一则想造成一种活跃气氛,有利于经济搞活;二则想为本市的歌星们扬名。两位先生财运亨通,我将履行诺言,奉上奖金一万元,不知是两位一人持有,还是两人一齐所有?"阿三毫不犹豫地说:"是我一人持有。""哦,太好了,由于财务上的一些制度,奖金将在十天后兑付,请先生先填写这张表格,十天后,请持此表及明星片和本人身份证,来我处领奖。"

整个下午,阿三的小屋里,门庭若市。

先是阿三和顺子打工的商店里的老板,他一进门,就笑哈哈地说:"恭喜、恭喜,我早就看出阿三老弟是个发大财的人。怪我平日用人不当,哈哈,让你干了不适合你特长的事,叫老弟受委屈了,哈哈!"阿三见老板今天的笑容如此动人,不由想起那次自己干活时打了个盹,屁股被老板踢了一脚的情景。阿三真想大骂老板一顿,但他忍耐着等待下文。果然老板说了:"最近,小店生意不景气,资金周转不灵,这是你们都知道的;现在,老弟发了财,不知有没有兴趣和我合作? 哈,只是合作。你只要出五千元入股,到时按股分红,怎么样?"阿三心里冷笑,嘴里却说:"老板说哪里话,饮水思源,只要老板吩咐,我一定遵命。""那好,那好,祝我们的合作愉快。"

接着,是附近的一家福利厂的厂长,拿了介绍信登门了。那个戴眼镜的厂长口若悬河对阿三说:"你知道,我们厂是专为残疾人开办的,我们的事业是春天的事业,我想你不会拒绝春天吧。可是,你知不知道,当你正尽情地享受明媚春光的时候,有些人却不能……"阿三急忙打断他的话:"我知道,可这和我有什么关系呢?""关心残疾人,帮助残疾人,是每一个公民的义务,是一个人道德高尚、品质善良的表现,是……""好了,好了,我知道了,等我领到钱,一定赞助,一定!"

福利厂厂长刚走,楼下便有人叫阿三接电话,电话是滨海市歌舞团打来的。"猜一猜,我是谁!"一个甜滋滋的女子声音从听筒里传来,阿三莫名其妙,说:"我怎么知道你是谁。""猜一猜嘛。""我猜不出来。""怎么,你还没听出来?我就是给你带来好运的晓贾呀!真笨。"原来是印在中彩明星片上的大嘴歌星。阿三有些烦,嘴上却说:"哦,是你呀,谢谢,你找我有什么事呀?""哼,光嘴上谢有什么用呀,今晚七点我在东华酒家等你,你可一定要来哟!"

阿三回到房间,见老马抱着小孩正等着他。老马一见他就拿出一个纸包,阿三打开一看,原来是上次给小孩买的玩具汽车。"这是干什么呀?"阿三问道。"那天,你说带我家小勤去玩,没想到是让他摸奖去了,听说还中了头奖呢。"阿三心里明白了八九分,故意不动声色地说:"是呀,我原本是带他出去玩的,正赶上摸奖,就让他摸了把。""是呀,是呀,这孩子手气就是好,刚生他的时候,天上显过彩虹呢,算命先生说这是吉星显灵。""老马呀,直说,你看怎么样?""小勤他娘说了……唉,这孩子手气就是好。其实,那天我们本来是要带他去摸奖的,不想被你带去了,不想……"老马嗫嚅地搓着双手,在阿三面前倒像个犯了错的孩子,"孩子他娘说了,叫我来问问……嗯,问问……""老马,你别说了,我明白你的意思,你回去告诉嫂子,钱一领到,我一定忘不了你们。"

　　接着是平时来往很少的街坊邻居陈大妈;最后是"虎哥"和他的弟兄,要和阿三"哥们",希望阿三够朋友。阿三答得爽快:"一定够朋友。"虎哥和弟兄们满意地说:"阿三够意思,以后有事,一个招呼。"

　　晚上,阿三正躺在床上,回想这一天的情景,门被猛地推开了,只见顺子一身酒气、跌跌撞撞晃了进来,仰面倒在他的床上。阿三忙给他脱了鞋,又倒了一杯水递给他,却被顺子一掌打掉:"我不要你假惺惺,你如今发了,就不知道患难的哥们了。"阿三诧异地说:"顺子,你怎么了?""哼,你自己清楚,摸奖是我告诉你的,两块钱的本钱是我的。可是一中了奖,你倒好,成了你一个人的了,告诉你,我也不是好欺负的,你小心点!"顺子一阵连珠炮后,便酣然大睡了。

　　这一夜,阿三没有合眼。

　　第二天早上,阿三悄悄地把东西收拾了一下,带着那张明星片,悄悄地出了门。到了车站,他确信没人跟踪后,才买了一张去邻市的车票。

　　阿三来到邻市,选了一家小旅馆,深居简出,单等十天以后,再去领奖。平安无事地过了五天,阿三禁不住松了一口气,心里暗暗好笑:那些家伙,哼,跟我阿三玩手腕,还嫩呢……想起那一张张面孔,阿三顿感人生的丑陋。看来,这个世界上只有那个陈松华先生最可亲了。

　　这天黄昏,阿三到街上转了一圈,吃了顿饭,闲得无事,便在报亭买了一张本市的晚报。他刚展开报纸,猛地一惊,他目光扫到了一个熟悉的身影,像是"虎哥"的一个手下。阿三急急卷起报纸,低着头,匆匆往回赶。路上他绕了好几个圈子,确信没人跟着了,才回到旅社。他惊魂未定地仰面躺在床上,苦苦思索。忽然"笃笃笃"有人在敲门,阿三惊得一个鹞子翻身坐起,两只耳朵像警犬似的竖了起来。"笃笃笃"敲门声急促起来,阿三不再犹豫,迅速环顾了一下四周,窗户有铁栅栏,出不去,别处又没有藏身之处,情急之中,他连滚带爬钻进床底。

这时,传来钥匙转动锁孔的声音,接着,门被打开了。原来是那个旅社值班送水的哑巴老头,老头弯腰从门口提起大铝壶,进了屋,见屋里没人,径自把屋里的暖瓶灌满,又带门出去了。

浑身瘫软的阿三从床肚里爬出来,呆呆地坐在床上,好一阵子才回过神来。他随手抓过床上的晚报翻了起来,刚看了几行,便跳了起来。只见晚报醒目的位置上登了他的大照片,旁边是一张寻人启事,启事上登着阿三的身高、衣着、口音以及失踪的时间,最后还说,此人患有精神分裂症,常常胡言乱语,如有发现者,可转告或强行护送到监护人处,监护人定有重谢,云云。落款是阿三打工的商店的老板。阿三看完,吓得连夜搬出了这家旅社。

阿三来到市郊一家偏僻的旅店,选了一个最不显眼的二楼房间,进了房,他急急地掩了门,先把床移到窗前,又把事先买好的尼龙绳拴在窗上。买了一箱方便面,一箱饮料。他像个被通缉的要犯,足不出户。这天晚上,阿三疲惫地躺在床上,这几天的情景总在脑海里浮现:阿三在玩命地狂奔,身后虎哥的伙计挥着短刀猛追不舍;跑着跑着,阿三闯进了一条死胡同,转过身,看见虎哥狞笑着伸出蒲扇般的大手:"拿来!"接着虎哥的几个手下一窝蜂上来,一阵乱刀,阿三的衣服被划了下来,割成了碎片;虎哥狞笑着,盯着只剩下一条小裤头的阿三在寒风中打抖,"给我扒下他的裤头。"手下们又一拥而上,阿三拼命抵挡,声嘶力竭地大叫。他惊醒了,原来是一场梦。

第六天没事,第七天也没事,可阿三丝毫不敢松懈,他像个惊弓之鸟,时刻警惕着。到了晚上,八点多钟,忽然有人用力敲他的房门。阿三大惊。他决定不再冒险,从窗户上放下绳子,顺墙滑了下去。哪知脚刚一沾地，人就被一把抱住。掀翻在地，紧接着，一条人影扑上来，手脚利落地把他的双手从背后铐住了。接着，一束雪亮的手电光照在阿三惨白的脸上，阿三还来不及说什么，便被推上了停在旅店门前的警车里，呼啸而去。

到了公安局，阿三才明白，原来他这几天行踪鬼鬼祟祟，引起了旅店服务员的怀疑，他们就报告了联防队。联防队员正想敲门盘问一下，却不料阿三越窗而逃，于是就把他抓进了公安局。阿三哭笑不得，遂把自己中奖的事细说了一遍，公安局的同志用电话同邻市一联系，证实了阿三的话，便对阿三说："经过核查，澄清了问题，你可以走了。"

阿三说："不，我现在不出去，还有两天就到领奖时间了，在你们这儿挺好，又安全，我两天后再出去吧。"

公安局的同志笑了："哦，刚才忘了告诉你，邻市来了通知，那个所谓的美籍华人陈松华是个骗子，他借抽奖为名，违反国家财务政策，招摇撞骗，已经携款逃跑了，现在公安机关正在通缉他呢。""啊？"阿三一听，瘫在地上……

（杨昌武）

两条项链

　　省种子公司经理张龙华,妻子不幸遇车祸去世后,就与他的宝贝女儿相依为命。他整天忙于公司的业务,顾不了家,顾不了女儿,就雇了个小保姆料理家务。

　　小保姆叫小梅,今年才十六岁,与他的女儿一般大,来这儿还不到两个月,人挺忠厚,手脚也勤快,与女儿挺合得来,因此张龙华也没把她当外人看。

　　小梅是谢邑县人,正上初三的学生,因为今年九月份一场洪水冲毁了家园,也冲毁了校园,才辍学到省城当了小保姆。好在这个两口之家也没多少家务活,闲下来就自习功课,为将来复学作准备。

　　九月份那场洪水,不仅谢邑遭了灾,附近几个县、市,半熟的庄稼全部喂了龙王爷。这个时候,种什么秋粮作物都晚了,唯独生长期短而又耐寒的荞麦还可以播种。张龙华对农业挺内行,汛情刚出现,他就着手调进一批荞麦种。

果然,洪水刚退,荞麦种就成了抢手货,受灾县纷纷找上门来,甚至还有两个省里的领导来打招呼,要张龙华关照他们受灾的家乡。

那天谢邑县来了个采购员,上午到公司找张龙华,缠着要五万斤荞麦种,张龙华为了平衡关系,只答应给一万斤。不料下午那采购员竟找到了张龙华家里。张龙华不喜欢在家里谈业务,所以也没给对方好脸色:"受灾的不是你一个县,我不能满足你的要求。"

采购员说:"给咱一万斤也是雪里送炭,我是来表示谢意的。"说罢拿出了一条金项链。没等张龙华开口拒绝,那采购员开口就问:"张经理,你知道明天是什么日子?"

张龙华摇摇头:"我不知道明天有什么特殊意义。"

采购员笑着说:"那我就提醒你,明天是你女儿的生日!张经理,你可真是心里只有工作呀!"

张龙华一拍脑门,后悔不迭地叫道:"瞧我这记性!"

采购员适时地递上金项链:"你女儿是属猴的,她一定会喜欢这个带猴子的生日礼物!"

张龙华接过来一看,链条上真的拴着一个小猴子,虽然只有指甲大小,却五官齐全,栩栩如生,异常精美。他在心里感叹,这个采购员为了多弄些荞麦种,也真是煞费苦心了。出于对女儿的爱和对采购员的感谢,他竟收下了金项链,慷慨地满足了对方的要求。

他送采购员出门,小梅过来打扫客厅,整理烟缸和茶具。他回来的时候,看见小梅正拿着金项链出神,他吓了一跳,突然意识到自己的行为是收受贿赂。他吃惊地问:"小梅,你要干什么?"

小梅放下项链,凄凄地说:"我也属猴子的,而且也是明天过生日,可俺离家这么远……"

张龙华松了一口气,事情这么巧,这小保姆竟与女儿同年同月同日生!他忙安慰说:"别难过,明天在张叔叔家照样过生日。"

第二天,他真的让小梅与女儿一起过生日,蛋糕是两份,蜡烛是两份。他还拿出两条一模一样的项链,分别戴在两个小姑娘的脖子上。当然,给小梅的不是金的,而是铜的,精品商店出售的那种。小梅一副受宠若惊的样子,摸着链条上的小猴子,连说这礼物太贵重了,自己受之有愧。张龙华暗笑这农村小女孩忠厚可爱,说:"铜的,不值几个钱。"

这天下午,张龙华为查一个生字,到女儿房间里找字典,突然发现女儿的项链被人调了包,金项链换成铜项链了。张龙华想,家里除了他和女儿只有小梅,他当即断定这事是小梅干的。

张龙华不由又惊又恼,他怎么也没想到这个貌似忠厚的小女孩却是个三只手,竟敢狸猫换太子。这样的小保姆还能留她?他决定追回金项链,让小梅马上走人!

于是,他黑着脸走进客厅,喊了声:"小梅,你过来!"

小梅听到喊声,急忙来到客厅,见张龙华脸色不好,小心地问:"张叔叔,什么事?""你的项链呢?"

小梅神态显得有些慌乱,脸涨得通红,怔怔地反问:"张叔叔,那项链你不是送给我了吗?还要收回去?"

小梅一句话,问得张龙华张了张嘴,却不知怎么说话。他心想:想不到这个小保姆人小鬼大,不仅分出了金的、铜的,还敢来个偷梁换柱,用铜的换走金的!唉——现在我如果申明采购员送的是一条金项链,那不就等于公开了自己的受贿行为?可如果突然不明不白地辞退她,她答应吗?

堂堂一个大经理,在商海身经百战,这会儿却被一个小保姆难住了,满肚子火气发不出,只能暗叹人心不古,后生可畏。他挥挥手让小梅离开:"我只是见你没戴在脖子上,随便问问。"

张龙华正独自在客厅生闷气,电话铃响了。他拿起听筒,不由吓出一身冷汗。电话是农业厅一个铁哥儿打来的,说张龙华收了谢邑县一条金项链,就供应给他们大批荞麦种,其他几个县市得到的种子则太少了。有个打过招呼的领导迁怒于张龙华,指派纪检委的人调查情况。这个铁哥儿刚得到消息,听说纪检委的人已经出发了。

张龙华哭笑不得:这边金项链被调了包,自己正束手无策,等于白担了受贿的名,那边纪检委的人也来追查金项链,这事儿弄得实在窝囊! 纪检会的人来了怎么对付? 还没等他想出办法,门铃已经响了。

纪检委的人一进门,就要张龙华交出金项链。说你是大经理,什么政策都懂,就积极配合吧,免得双方不愉快。

张龙华心里苦笑,什么金项链,我手里只有一条铜项链。想到铜项链,他脑子里开了一条缝,心里有了主意。既然证据已失,我就对付吧。他稳稳神,不动声色地说:"荞麦种是我们公司自己组织的,不是计划物资,卖给哪个县多少,企业有自主权,不必看哪个领导的眼色行事。至于项链,我真是收了一条,那是人家送给我女儿的生日礼物。小梅,把我女儿那条项链拿出来。"

小梅正读书入迷,不知道外边发生了什么事,听张龙华吩咐,便去他女儿房里取了项链,交给张龙华。看那些人都是一脸严肃,忙回到自己小屋里。

纪检委的人一眼就认出那条铜项链,虽然做工精细,足以乱真,但值不了几个钱,就冷笑着问:"就为这条铜项链,就给人家五万斤荞麦种? 不可能吧!"

张龙华说:"他提醒了我女儿的生日,我很感激他。你们也可能知道,我妻子不在了,我就这一个女儿。"

从人的感情上说,这个理由也说得过去,可纪检委认的是证据、证词。当他们得知小梅是新来的小保姆,就喊出来询问:"你知道这条项链是怎么回事吗?"

张龙华的心一下子悬了起来,如果小梅实话实说,再拿出那条金项链,这受贿的事儿就推不掉了。

小梅说:"谢邑县的人送的。"

"你怎么知道?"

"张叔叔来了客人,我是从不打扰的,这是做保姆的规矩。可我是谢邑县人,又刚出来不久,见了谢邑老乡就格外亲,那天就过来给添了几次茶。张叔叔把项链作为生日礼物给他女儿,他女儿只玩了几天就厌了,要送给我。我不好意思要人家的东西,就给她挂在了书橱上。"

"就是这一条?"

"人家能送几条? 张叔叔就一个女儿,属猴的,跟我一般大。"

纪检委的人交换了看法,认为一个进城不久的小女孩,她的证词应该是可信的。而且女儿要拿项链送给小保姆,可见这东西不值几个钱。当然,在这之前,他们还去了谢邑县,那个所谓的采购员,实际是个二道贩子,把荞麦种加价卖给谢邑县以后,就不见了踪影。既然两处都找不到张龙华受贿的证据,这件事也就不了了之了。

送走纪检委的人,张龙华的心里踏实了一些。应该说,在这件事上,小梅帮了大忙。不是她拿走金项链,不是她出那一份证词,张龙华第一次受贿就要栽跟头,虽不至坐牢,处分是跑不掉的。自己一旦有个三长两短,女儿可怎么活! 但是,张龙华的内心深处,却不能改变对小梅的看法。小梅在纪检委的人面前不出示金项链,是怕得而复失。那项链起码值五千元,对于一个灾区农村的小女孩,五千元是个天文数字。因此她才巧妙地作了伪证,使自己不白偷一场。这小姑娘城府太深,继续留她当小保姆太危险了! 张龙华最终决定,不再追究金项链的去向,三五千元的不义之财,对于一个大经理本来就很无所谓,辞掉小保姆,去掉一块心病算了。对,现在就跟她谈,明天一早送她走! 他喊道:"小梅,你过来一下。"

小梅来了,先给张龙华茶杯里添满茶,一副不解人事的样子:"张叔叔,今儿是怎么了,你关心我的项链,刚才那些人关心你女儿的项链,那两条项链,出了什么问题?"

听小梅这么说,张龙华觉得她是明知故问,先发制人,言下之意是在警告他张龙华:我握有你受贿的证据,惹恼了我,咱们纪检委见! 张龙华只好再次把"辞退"两字咽回肚里,强装笑容说:"今晚早点儿做饭。"

小梅应了一声,往厨房去了。望着那瘦瘦的背影,张龙华只恨自己无能,一个堂堂男子汉,居然奈何不得一个小保姆!

门铃再次响起,邮差送来一封信。信是小梅家乡的学校写来的,信中感谢张龙华捐赠金项链,在银行兑了五千元,解决了全校的桌凳困难。他们想写封感谢信登在报纸上,问张经理是否同意? 还请张龙华转告小梅,学校马上就要开学,请她回来读书。

看罢信,张龙华怔了半天,原来小梅以他张龙华的名义,把金项链捐给了学校! 感谢信自然是不能登报的,那样等于不打自招,承认自己受贿。金项链取之于谢邑县,又还给谢邑县,就算物归原主吧。只是对于小梅,在他心中怎么也恢复不了原来的好印象,虽然她没有把金项链据为己有,而是捐给了学校,可这么大的事,为什么不和主人商量? 那学校如果不征求意见就登感谢信,不就捅出娄子了吗? 原先奈何不得小保姆,是拿人家的手软,怕受贿的事东窗事发,现在真相大白,小梅并不存在挟嫌告发的问题,正好她的学校又开学在即,这次可要名正言顺地辞退她了。

"小梅,你过来一下。"

小梅从厨房里出来:"张叔叔,有什么事?"

张龙华递过那封信:"你自己看吧。"

小梅看了一遍,吃惊地叫道:"什么,那项链是金的?"

这小姑娘可真会演戏,事情到了这一步还不肯承认。张龙华冷笑着问:"你真不知道?"

小梅急得跳脚:"我怎么会知道! 你就是对我再好,也不会送我金项链!"

张龙华在心里说,这小姑娘挺能辩。他不动声色地说:"我送你的生日礼物,自然是铜项链,可我给我女儿的,却是一条金项链。她的金项链,后来怎么会变成铜项链呢?"

小梅道:"一定是搞错了!那天她硬把她的项链戴在我脖子上,我不好意思要两条,到晚上就取下来还给了她。我又分不出金的、铜的,一定是这时候搞错了!"

这小姑娘步步为营,几乎每一条理由都能站得住脚。张龙华被惹恼了,嘲讽道:"一条铜项链也犯得着捐给学校吗?"

小梅突然哭了:"张叔叔,我那次回去,特意去了学校,才知道在家的同学们,把买牙膏的钱都捐出去了!还有的女同学,把长发剪成短发,为的是省下一根头绳的钱,捐给学校。我也摘下项链捐了,心想:哪怕只值五元钱,也能买个凳子!因为是你送的,我就让校长记下了你的名字。张叔叔,我弄错了,这可怎么办?"

小梅声泪俱下,后悔得要死。张龙华明白了,这才是事情的真相。可自己因为受了贿,疑心生暗鬼,尽把人家朝坏处想。而实际上,这农村来的小姑娘,质朴得如一棵庄稼苗,倒衬出了自己这个大经理灵魂的不洁。

小梅擦去泪水,说:"张叔叔,我不回去上学,在这儿给你当两年小保姆,不要工资,算赔偿你们的金项链,你说行吗?"

小保姆的纯洁和刚强,洗涤了张龙华的灵魂,处事果断的作风又重新回到了他的身上。他拍拍小梅的肩膀说:"是的,你不要回去了。明天,你就跟我女儿一起上学,就算我多了个女儿!"

第二天,他怀揣小梅学校的信,往纪检委走去……

(曲范杰)

揽客生涯

　　午夜两点正,一列满载旅客的特快列车自北向南隆隆驶来,徐徐地停靠在它的最终目的地——洪城火车站。少顷,旅客们像潮水般地从车站出口处拥了出来。上百个早已静候多时、穿红着绿、浓妆艳抹的时髦女郎,高喊着:"住旅社吗? 住旅社吗?""呼啦"一下拥了上去,刚刚宁静下来的车站广场又沸腾起来了。片刻之后,这些能说会道的揽客女郎便领着那些初来乍到的客人,走向一家又一家个体旅社。

　　偌大的广场上,还有十多个没揽到旅客的年轻姑娘,她们不死心,仍然瞪大着眼睛在广场四周徜徉着。

　　在这些不走运的揽客女郎中,有个名叫金玲的年轻姑娘,她从赣西北一个偏僻的小山村来到省城,为旅店老板干这揽客的营生已经半年多了，此刻，她正在为没有揽到旅客而懊丧。

广场上越来越冷清，看来今夜是没有希望了，金玲拖着疲惫的双腿正要往回走，突然发现一个白发老人，正吃力地提着一口皮箱从出口处蹒跚地走了出来。金玲心里一喜，赶紧迎了上去，笑吟吟地喊道："老大爷，您住旅社吗？"

老人抬头一看，见是个涂脂抹粉的漂亮姑娘，迟迟疑疑地问："你是……"

"我是迎君旅社的服务员。"

"你们旅社离这远吗？"

"不远，不远，过条小巷，再转两个弯就到了。"姑娘见老人拿不定主意，又热情地说，"大爷，夜已经这么深了，您老腿脚又不方便，就到我们旅社住下吧？"

老人也确实累了，想了想，终于答应下来。

金玲赶快去帮老人提皮箱，老人连忙说："不用，不用，我自己来。"金玲见老人有戒心，便没有再勉强，只是小心地扶着他，穿过广场，拐进了一条小巷。

小巷深处十分寂静，已经见不到一个行人，稀疏的街灯透出一圈圈淡黄的光晕，空荡中似乎隐含着阵阵阴森与恐怖。金玲天天走这条小巷，已经习以为常了，可是老人却非常惊慌，一边走一边总是回头张望。金玲于心不忍，为了减轻老人的不安心理，灵机一动，便向他介绍起洪城的名胜古迹来。

走出小巷，拐过一个弯，又拐过一个弯，隐约可以看到"迎君旅社"的牌子了，就在这时候，突然从暗处跳出两个大汉，一身黑衣黑裤，满脸凶神恶煞，前后将他俩夹住。其中一个低声喝道："把东西放下！"

金玲虽然平时听说拦路抢劫这类险恶事情，可从未遭遇过，所以就没太往心里去，加上这条路她天天走熟了，哪里想得到会有这样的事发生？此刻当这活生生的现实降临到身边时，她一时竟吓得连话也说不出来了,本来就穿得单薄的身子筛糠似的颤栗起来。那老人更是惊恐万分,他双腿一软,嘴里"啊"地呻吟了一声,稀泥一般的瘫倒在地上。两个汉子一见,可得意了,庆幸自己没找错对象,他们狞笑着从老人手里抢过皮箱,拔腿就走。

谁料他们刚走出一步,"嚯"皮箱被什么东西绊住了,回头一看,"啊?"金玲的两只手像一把铁钳,紧紧地抓住皮箱不放。

两个汉子一愣,随即唬道:"小姑娘,关你屁事?再不放手,老子就放你的血!"

金玲也不知哪来的勇气,不但不松手,反而放开喉咙高声喊道:"救命啊,快来抓强盗啊!"

两个汉子一看,这小姑娘这么不识相,拔出拳头劈头盖脸朝她砸了过去。霎时,两道殷红的鲜血涌泉似的从金玲鼻孔里喷出来。

两个汉子急慌慌要走,金玲却整个身子扑在皮箱上,嘴里还在连连呼叫:"抓强盗——抓强盗啊……"

喊声终于惊动了路两边的居民们,待他们从房子里冲出来时,这两个汉子已经鼠窜而逃,路边上只剩下早已发不出呼叫声的老人,只剩下昏倒在地的金玲,满脸都是血,一双手却仍然紧紧地抓着那只皮箱……

人们七手八脚将金玲送进医院,经医生诊断,金玲身上七处软组织挫伤,鼻梁粉碎性骨折。

天亮后,迎君旅社的老板徐杰领着一帮旅社的服务员赶到了医院。此时金玲已经清醒过来了,姐妹们见金玲脸上裹满了绷带,只露出一双浮肿的眼睛,惊得"哇啦哇啦"乱嚷,徐老板则气得脸色铁青,用手不停地推架在鼻梁上的那副金丝边眼镜。

遍体鳞伤的金玲见到老板和店里的姐妹们,像见到了久别的亲人,眼睛一下就湿了,嘴里冒出来的第一句话却是:"那只皮箱还在吗？"

姐妹中有个外号叫"玻璃碴"的姑娘，不待金玲说完，就忍不住嚷了起来："我说金玲啊金玲，自己都成啥样了，还惦记着那皮箱。那老头是你干爹怎么的？"

众姐妹也一齐附和："是呀，吃谁的饭就端谁的碗，犯得着为一个陌生旅客去挨拳脚吗？""虽说那两个坏小子给逮住了，可无非是给他们一个'从重从快'的处理，我们又得不到什么好处，连你的医药费都还得从大伙身上抠哩。"

金玲没想到姐妹们会这样看待这件事，困惑地望着徐老板，不知说什么才好。

幸好徐老板是个喝过点墨水的人，沉思着对这帮七嘴八舌的姑娘们说："你们不能这样看，金玲这种精神是难得的，我们都应该向她学习。当然，我们不是国营单位，店里的经济的确要遭受一些损失，不过……"说到这他欲言又止，轻轻地叹了口气，"什么都别说了，金玲现在应该安心养伤……"

金玲还能说什么呢？她心里像塞了一团麻，乱极了，两行晶莹的泪水不听话地从眼眶里溢了出来……

再说中午，徐老板正在楼上吃饭，楼下突然响起一阵鞭炮声，他跑下去一看，原来是那位被金玲相救、后又安排在公安局招待所住下的老人，送来一面大红锦旗，上面端端正正地写着两行烫金大字：见义勇为扶正气，舍生忘死斗歹徒。徐老板高兴地接过锦旗，亲切地与老人交谈了一阵，又领着全体服务员热情地将老人送出门。

不知怎么，这件事惊动了省报的记者，一个肩披长发的年轻女记者拿着小本本到医院向金玲采访了半天。更令人眼热的是，洪城市电视台还开来一部面包车，一个满脸络腮胡的摄影师扛着摄像机拍了医院拍旅社，拍了店内又拍店外，引得看新鲜的人将迎君旅社里外三层地围了个水泄不通，那情景，比旅社开张大吉那天还热闹。

当天傍晚,徐老板把旅店全体服务员都召集到一起,开了一个短会。

在会上,他十分诚恳地说:"今天,我首先向大伙儿认个错,坦率地说,对金玲勇斗歹徒这件事,起初我也认为是哑巴吃黄连,有苦说不出,后来冷静一想,这里面有更深一层的意义。社会上本来对我们个体户就有一种偏见,认为我们都是些见利忘义的人,昨天夜里,金玲用自己的行动有力地反驳了这种偏见。现在我宣布:金玲是为维护迎君旅社的声誉而光荣负伤的,我们虽然不是国营单位,但她住院期间,享受国营职工待遇,工资、奖金照发,即使她以后丧失了劳动力,我们也养着她。"

徐老板说到这里,那个外号叫玻璃碴的姑娘两片薄薄的嘴唇不以为然地撇了撇。徐老板的眼光正好扫到她身上,便针对性地又补充了几句:"我知道,对我这种做法有些人可能有看法,这不要紧,过些日子你们就明白了。"

徐老板这几句话是什么意思呢?当时玻璃碴听不懂,好些人都听不懂,可慢慢地,她们竟越来越悟出个中道道来了。这不!自从报纸和电视台报道了金玲的事迹以后,迎君旅社的名声好比飞机上吹喇叭——响得远了,不少南来北往的旅客,只要一下车就打听迎君旅社在哪。俗话说:"酒好不怕巷子深。"店好自然不怕路途远,有些旅客宁肯多弯上几步路,也要找到迎君旅社来投宿,再也不用姑娘们到车站广场去揽客了。一天又一天,真可谓日进金夜进银,姑娘们的腰包都渐渐地鼓起来了,她们自然弄懂了徐老板的话,浅薄的玻璃碴对徐老板的远见佩服得五体投地。

半个月后,金玲出院的日子到了。这一天,徐老板特意租了一辆"的士",亲自领了店里的几个姐妹到医院去接她。

当医生为金玲解开绷带,金玲对着镜子一照,发现原先挺拔秀气的鼻梁已经难看地塌陷下去,脸蛋永远失去了往日的俏丽时,不由得失声痛哭。姐妹们一边好言劝慰,一边陪着她掉眼泪,无不为她永远失却了姣美的容颜而惋惜。

不过话又说回来,毕竟是经历了一场生与死的考验,金玲已不是昔日那个文弱的姑娘了,她擦干眼泪,回到旅社的第二天就手脚不停地干活了。

说话间几个月过去了,随着时间的流逝,金玲见义勇为的事迹渐渐被人遗忘了,迎君旅社的竞争力也不如那些为拉客而挖空心思不得不花样迭出的个体旅社了,生意日渐清淡,姑娘们又出去揽客了。这人心也是说变就变,日子一长,姐妹们心里都拨起了"小九九",认为金玲沾了大伙的便宜,眼睛里不时会流露出一种异样的神情。

金玲不是傻大哈,心里挺不是滋味,也觉得自己确是拖累了大家,便拼命抢着找活干,这样她心里才好受一些。

这天,旅社半天也没一个旅客进门,玻璃碴跟另一个女伴上车站广场揽客去了,金玲闲着没事,便也去广场相帮着揽几个客人。

来到广场上,巧了,正好看到玻璃碴她们在跟两个年轻人说话,任玻璃碴好说歹求,这两个人的眼睛只是在两位姑娘的脸上扫来扫去,双脚就是不挪窝。于是金玲就上前一起帮腔:"两位先生,别再拿不定主意了,到我们迎君旅社住下吧,包你们满意。"

两人看了看金玲,其中一人乜斜着眼睛,阴阳怪气地说:"哟,你这丑八怪还'迎君',不怕把旅客吓跑? 得了,留着迎你那猪八戒舅舅去吧!"说罢两人哈哈大笑,提起行李扬长而去。

金玲像被人迎头敲了一棒,直愣愣地站在那儿动弹不得,待她回过神来,两个姐妹早已离开,她只得挪着沉重的脚步,眼泪汪汪地往回走。

却说玻璃碴和女伴一回到旅社,就对徐老板直嚷嚷:"老板,这差事我们没法干啦！"

徐老板吃惊地问："怎么了？"

"我俩累了半天，好不容易拉着两个旅客，又让金玲给吓跑了。"

"她怎么会把旅客给吓跑呢？"

"旅客说她是丑八怪……"

"啊……这怎么能怪她？"

"我也没说怪她，可总不能老让我们挣钱匀给她花呀！"

其他姐妹听玻璃碴这么一嚷，也七嘴八舌地凑了上来："是呀，如今人家国营单位都兴责任制，我们个体户还吃大锅饭么？"

徐老板有些生气了："莫非你们要我辞退她不成？"

"辞不辞是你老板的事，反正我们不吃大锅饭。"

徐老板叹了口气，说："你们这些人哪，说这种话也不怕……"说到这里他突然打住舌头，原来金玲已经站在门口。

只见金玲脸色发白，颤抖着声音说："姐妹们别说了，我马上就走。"说完，她一扭身就要冲进房间收拾东西，却被徐老板一把拽住了。

徐老板很不高兴地对大家说："金玲是我们旅社的有功之臣，莫说她现在还能自食其力，我以前说过嘛，就是她丧失了劳动能力，我们也要把她养着。"说着，他威严地扫了大家一眼："从今天起，谁要再说一句辞退她的话，我就先辞了谁！"

这帮姑娘见老板动了肝火，气焰这才收敛了下去。

虽说邪气被老板压住了，但姐妹们却明显地将金玲孤立起来，大伙儿干什么事都故意避着她，特别是一些冷言冷语，时不时地在她耳边飘过，金玲只好把心泡在泪水里。

一个星期过去了。这天一大清早，徐老板还没起床，就听见外面吵吵嚷嚷，接着有人将他的房门捶得咚咚响。他赶紧起来，打开门一看，原来是昨晚投宿的一个外地旅客。

只见那旅客气呼呼地说:"老板,你们这些服务员太不像话了。"

"怎么啦?"

"昨天下午我在友谊大厦为我妻子买了一套高级化妆品,在提包里放得好好的,今天一早起来就发现不见了,我只好去找服务员。可服务员说,是我自己没保管好,与她们无关。我住的是单间,一出去就锁了门,现在少了东西,怎么与你们无关呢?"

那旅客话还没完,玻璃碴冲了过来,指着旅客的鼻子说:"谁叫你的嘴巴不干净?牛皮可以乱吹,话可不能乱讲,你明明是怀疑我们姐妹们偷了嘛!"

那旅客毫不示弱:"偷没偷你们自己心里明白。"

一听这话,玻璃碴更来气了,大喊一声:"姐妹们,把你们自己的箱子钥匙拿过来。"然后逼徐老板当着大伙儿的面搜查一遍,若搜出东西来,任凭发落。

徐老板沉吟片刻后,对那失落东西的旅客说:"我看这样吧,不管怎样说,旅客丢了东西是真,我们先赔偿您的损失,至于东西的下落,我们以后再追查。"

"不行,"又是玻璃碴最先叫了起来,"我们不能平白无故地挨冤枉,既然你们不肯搜查,咱们姐妹们互相搜。"

徐老板还没来得及阻拦,姑娘们就掀被的掀被,开箱的开箱,一个劲地折腾起来。

不出两分钟,就听一个姑娘尖声喊道:"哎,在这里!"

众人闻声望去,只见一只十分精致的化妆盒在金玲的枕头下面露了出来。"唰"地一下,十几道目光一齐射向金玲。

金玲的脸一下变了色,结结巴巴地分辩道:"不,不是我……"

那旅客理直气壮地说:"老板,这下你可看清了,这就是你们服务员做的好事。"

玻璃碴和女伴们七嘴八舌地嚷道:"这真是老鼠过梁,家贼难防啊!""一粒老鼠屎,搅坏一锅汤!""这样给我们旅社抹黑,还留她干啥?""辞了她!""对,辞了她……"

面对此情此景,徐老板也惊异万分,不过,他毕竟沉得住气,等玻璃碴她们喊够了,他才清了清嗓门说:"不错,东西是从金玲枕头底下搜出来的,可是,我敢用人格保证,金玲进店以来的一贯表现,足以证明她不是那种小人。"

"什么?"玻璃碴跳了起来,"难道化妆品会自己飞到她枕头底下去不成?"

徐老板反问道:"难道那东西自己不会飞,别人就不能栽赃吗?"

"好啊,你怀疑我们姐妹给她栽赃,你快说出来,是谁?"

"待我仔细调查,事情总会水落石出的。"

"那好,今天我们就谁也别动,坐在这里等候他的调查,如果天黑以前还查不出来,明天一早我们都卷铺盖走路!"

姑娘们经她一挑唆,一齐喊了起来:"要得!"便都往自己床上一坐,双手抱在胸前,二郎腿一架,摆出一副任斩任剐的样子。

徐老板没想到她们会来这一手,不由得有些发慌。也难怪,即便他明明知道有人栽赃,也不是一时半刻就能查得出来的。莫看这帮女子利嘴快舌,正是这利嘴快舌才能为他这个老板揽来滚滚财源,倘若他们全都不干,这旅社还说不准真得关门。一时间,徐老板陷入了困境,他抖抖索索地点燃一支烟,狠命地吸了起来……

金玲这时候反倒平静了,她款款地走到徐老板面前,问道:"老板,你说我不会偷东西,可是你的心里话?"

徐老板抬起头,望着金玲的眼睛,重重地点了点头。

"行,有你这句话,这个贼名我认了,怎么处罚我都行,你犯不着再去得罪姐妹们了。明天一早我就回老家,我知道,只有少了我,店里才会相安无事。"

她停了停,将目光缓缓地移向窗外,望着远处自言自语道:"记得我出来的头天晚上,爹一个劲地劝我:'娃呀,你从小就本分,我真怕你出去被别人算计呀!'"说到这儿,她凄厉地高喊一声:"爹,女儿好悔啊……"一头栽进被窝,放声恸哭……

不管徐老板如何相劝,金玲铁心要走。徐老板见苦留不住,便塞给她两百元钱,她坚决不要。于是徐老板向姑娘们下了死命令:明天一早,不管是谁,一律到车站为金玲送行。

下午,金玲上街去了一趟,深更半夜才提着一台用自己半年多积蓄买的收录机回到旅社。见女伴们都进入了梦乡,她也蹑手蹑脚爬上了床。一夜无话。

翌日天刚放亮,姑娘们便被徐老板唤醒,当她们睡眼惺忪地朝金玲铺位一望,才发现金玲不知什么时候已经带着行李悄悄地离开了旅社,空荡荡的床铺上只放了一盒录音磁带,下面还压着一张纸条,上面写着:徐老板,请你把这盒磁带放给姐妹们听一听。

徐老板郑重地拿起磁带,放在手掌上轻轻地晃动着,像要掂量出其中的分量。玻璃碴不以为然地哼了一声,顺手拿起一条毛巾就要出去,却被徐老板喝住:"别走。"

徐老板把磁带装进一个姑娘床头柜上的盒式录音机里,将键钮一按,金玲那清纯的声音就响了起来:"姐妹们,我们好歹相处了半年,今天,我就要离开你们了。下午,我上街买了一台录音机和一些磁带,我想还是让优美的音乐到老家去陪伴我吧。当我提着录音机到一家餐馆吃饭时,隔着一道屏风,突然发现了一个我做梦也不敢相信的秘密。按照我们山里人的规矩,临别之际总得送姐妹们一点小礼物,可是送什么呢?我觉得这秘密便是送给你们最好的礼物。请听——"

这时,录音机里响起一个熟稔的男声:"老兄,今天你这个

'外地旅客'演得不错嘛,我们配合得简直天衣无缝。来,借此机会表示我衷心的谢意,干杯!""当"杯子的碰撞声。另一个男声:"徐老板,我真不明白,一个农村小妞,想辞不就辞了,干吗要做这套手脚呢?""老兄,这你就不懂了,要是我明里辞退了她,岂不等于掀起衣服让社会舆论戳我的脊梁骨?这样多好,她让我给要了还会感激我,又稳住了玻璃碴那帮姑娘,往后还愁她们不卖力气?""老兄真不愧是个精明人,佩服,佩服!""嘿嘿,见笑,见笑。"

  ……

  徐老板万万没想到,金铃留下来的会是这样的一盒磁带,他恼羞成怒,伸手要去关那录音机,金玲却在录音机里轻吼一声:"慢着,徐老板,你想把这盒录音带毁掉吗?可惜迟了,我已经复制了一盒,昨天夜里就交给报社那位采访过我的女记者了。明天上午,你就呆在店里好好养养精神,准备接受她的采访吧!"

  徐老板更没有想到,老谋深算的他,竟会栽在一个山村姑娘手里。他一屁股坐在床铺上,再也经受不住十几个姑娘的逼视,把头深深地低了下去……

(龙江河)

黑蛇护儿

　　这天是厂休日,周丽华决定去劳务市场,给她那一岁零两个月的儿子鸿鸿找个保姆。

　　要说这母子俩也真够可怜的。周丽华父母早逝,又无兄弟姐妹。孤单一人守着父母留给她的两间很老很旧的房子过日子。后来结了婚,没想到刚过半年,丈夫就因车祸而亡,留下了遗腹子鸿鸿。

　　孩子出生了,不久,产假也结束了,因为经济困难,周丽华只好狠狠心把鸿鸿围在床上,自己含泪去上班。好在工厂离家不太远,她可以时常回家照看,喂吃的。鸿鸿能爬了,她就把他拴在床上,防止他掉下来。多少次,周丽华以为儿子出事了,飞步跑回家,却看见鸿鸿安然无恙,又赶紧返回去上班。

　　眼见孩子越来越大,周丽华也越来越不放心,所以才下了找保姆的决心。

　　真是天遂人愿,在劳务市场只呆了一会儿,就有一位十五六岁的安徽小姑娘毛遂自荐,说她叫刘秀儿,愿意看孩子,尤其是喜欢小男孩儿,而且工钱要得也不高。周丽华欣然把刘秀儿领回了家。

　　刘秀儿跟着周丽华来到主人家中,这是两间很旧的老房子,屋里四壁贴着好看的糊墙纸,从屋角破碎的墙纸缝里可以看到很脏的石灰墙。屋顶没有顶棚,裸露着一根根木椽和一条粗大发黑的檩条。一眼望去,不免令人胆战心惊。屋里的陈设也简单,虽然有电视,有冰箱,却还是显得挺清贫。

　　周丽华把孩子放在床上,又热情地给刘秀儿倒了杯水,真诚地说:"秀儿姑娘,你来就好了,我儿子就不用一个人呆在家里了。你不知道,这孩子从生下来到现在受了多少罪啊!"她把有关孩子的一切都告诉了刘秀儿,说得刘秀儿心里一热,眼泪都差点流出来。刘秀儿赶紧低下头,竭力忍住,窘迫地说:"周姐,你、你放心吧!"

　　刘秀儿为什么听了周丽华的话想哭呢?这还得从刘秀儿的家说起。

　　刘秀儿家在农村。爸爸是村子里的养猪专业户,赚了不少钱,因为她妈妈生了秀儿后就再也不生育了,所以妈妈老受爸爸的气,在家挨打挨骂,毫无地位。时间一长,刘秀儿的妈妈渐渐地精神恍惚,身体憔悴,有时哭有时笑,不时跟刘秀儿唠叨:"你要是有个弟弟该多好,你爸爸也就不会去赌钱,就不会打我了。"刘秀儿看着妈妈这么受罪,心里真是难过极了,她多想能帮妈妈做点什么啊。一天,她听人说起假保姆、人贩子的事,心里不由一动,要是自己也去当保姆,偷一个小男孩儿回来当弟弟,妈妈就不会挨爸爸打了。刘秀儿头脑简单,就这样瞒着家人,偷偷地来到城里。

此刻,周丽华见刘秀儿不吭声,还以为她怕陌生,就亲切地说道:"秀儿,你先休息一下,我去做饭。"又随手拿过刘秀儿的红提兜,放到橱柜里。几乎是在同时,刘秀儿听到屋顶上传来"啪"的一声响,她下意识地抬起头。周丽华笑着说:"我们这房子年久失修,经常有响动。别怕,我去做饭了啊。"刘秀儿说:"周姐,你忙吧,我来看孩子。"说着她就把鸿鸿抱起来。突然,屋顶上"哗啦"一声大响,吓了她一跳。鸿鸿却把小手伸向屋顶,大叫起来:"要,要!"刘秀儿说:"鸿鸿,屋顶黑,不要。喏,给你这个玩。"她拿起床上的小汽车塞到鸿鸿手里。

这天晚上,周丽华让刘秀儿单独睡一间屋,自己带着鸿鸿睡。刘秀儿躺在床上翻来覆去睡不着。眼前一会儿是周姐热情信任的脸,一会儿是妈妈那凄苦悲伤的脸,还有小鸿鸿那可爱天真的样子。"他们都是好人! 我该怎么办呀?"刘秀儿忍不住从床上坐了起来,这时,又从房顶传来一阵响声,"刷啦刷啦"像是什么东西在摩擦。刘秀儿突然感到一阵莫名的恐惧,"啪"地打开灯,向屋顶望去:除了一根根椽条,什么也没发现。她不敢关灯了,把被子从头蒙到脚。下狠心地想:管他呢! 我出来了就不能空着手回去。为了妈妈,我豁出去了,明天就把孩子抱走,鸿鸿到了我家,我一定疼他、爱他⋯⋯她这样想着想着,居然睡着了。

第二天,周丽华要去上班了,把鸿鸿交给了刘秀儿,说:"秀儿,我把鸿鸿托付给你了,请你像待亲弟弟那样待他,好吗?"刘秀儿心里发虚,颤声说道:"周姐,你放心吧。"

周丽华一走,刘秀儿马上行动,把鸿鸿的衣服、奶瓶、奶粉全塞进自己的红提兜,背在身上,然后抱起鸿鸿就走。突然,屋顶又响起"刷啦刷啦"的声音,她不由抬头一看,啊! 一条蛇! 粗黑的檩条上游下来一条黑蛇,头冲着她,张着嘴,吐着信子! 刘秀儿吓得尖叫一声,扔下孩子,逃出门去。

好久,刘秀儿才猛地想起鸿鸿还在屋里,蛇会咬死他的!刘秀儿急了,便不顾一切地冲进屋里,但她却看到了一个更加惊奇的场面:那黑蛇整个身子缠在鸿鸿的腰上,蛇头依在鸿鸿一双小手里,显得服服帖帖,鸿鸿还"咯咯"地笑着。黑蛇见刘秀儿进来了,舒开长长的蛇身,"咝咝"地顺着墙壁爬上了屋顶,眨眼之间就不见了。刘秀儿赶紧抱起鸿鸿就往外跑,正撞在一个人身上,抬头一看,竟是周姐。

周丽华因刘秀儿第一天带孩子,心里放心不下,所以特意请假回来看看,见刘秀儿那副大惊小怪的样子,很奇怪,问:"怎么啦?""周姐,蛇,有蛇!""瞧你说的,哪儿来的蛇,准是你看花眼了。"

刘秀儿还想说什么,但终于忍住了。周丽华安慰了几句,又交待了一些事情,就走了。周丽华她前脚刚走,刘秀儿后脚就抱上孩子朝外跑。刚一出门,就感到有什么东西拉住了她的脚,低头一看,竟又是那条黑蛇!

刘秀儿顿时惊得瘫坐在地上,鸿鸿也扔了,包也掉了,奶瓶、小衣服撒了一地。刘秀儿声嘶力竭地喊:"救命!救命!"

喊声招来了附近的邻居们,一个小伙子抄起铁铲就要往蛇身上砍,却没想到鸿鸿从地上爬起来,歪歪扭扭地走到黑蛇跟前,搂住它亲热起来,把在场的人都看傻了。

周丽华其实也没走多远,听见喊声又返回来,拨开人群,看到了这惊心动魄的一幕,人当时就瘫软了,一句话也说不出来。那黑蛇慢慢松开了刘秀儿的脚,缩起身子,顺着墙壁爬上了屋顶,不见了。

一时间,人们都愣住了,显得很安静,只有小鸿鸿伸着两只小手向着他家的房顶,嘴里喊着:"要,要。"

刘秀儿终于被感动了,"扑通"一声跪在周丽华面前,哭泣道:"周姐,我对不起你,你惩罚我吧,我还不如一条蛇,我是为了偷一个男孩子才到你家当保姆的……这条黑蛇不让我把鸿鸿抱走……"接着,她把自己为什么要当保姆和黑蛇两次救鸿鸿的事,都一股脑儿地说了出来。

大家听得唏嘘不已,周丽华泪流满面。她紧紧抱住鸿鸿,喃喃地说:"孩子,妈妈没时间看护你,整天把你放在家里。原来是黑蛇伴着你,看护着你。它是你的保护神啊。"

(何小红)

寻 觅 机 遇

人生意义的大小,不在乎外界的变迁,而在乎内心的经验。

应聘新招

平山市中心新开了一家"龙宴蛇餐馆",也是这座城里唯一经营蛇餐的高级餐馆。说来也叫怪,从古至今很少吃蛇的中原人现在几乎天天把这家蛇餐馆挤破了门。吃客太多了,生意太好了,把蛇餐馆里的上上下下忙得不亦乐乎。蛇餐馆经理邵成龙见此情景,决定以月薪一千元优厚待遇,面向社会招聘一名餐馆接待部主任。

招聘广告通过市电视台播出后,一百名的报名限额在第三天就额满了。随后,医院体检淘汰了一半,文化考试又淘汰了一半,剩下了二十五人。再经过经济、市场、经营常识的口头答辩,能参加下一轮复试的只有五位。

这天早上七点钟之前,五位收到复试通知的应聘者早早来到了餐馆,由年轻的女招待领到楼上一间装潢豪华又雅致的大餐厅里。

五位应试者刚刚坐下,就见又出来五名年轻女招待,每人手里都托了一个荷叶式汤盘,盘里是一大碗色如脂玉、香气扑鼻的蛇汤,放在每位应试者面前。

这时,那位接他们上楼的女招待彬彬有礼地对这五位应试者说道:"你们五位还没有用过早点吧?我们经理昨天晚上交待过,你们今天来得早,请你们先用蛇汤。我们经理还交待说,今天早上他要去车站接一位广东客商,至少要晚到半小时。"

七点三十分,经理邵成龙来到餐厅。只见这位经理年龄约二十七八岁,中等个儿,西装革履,一脸聪明相。他走到餐桌边,在五位应试者的对面坐下来,寒暄之后,笑问道:"你们对本餐馆的蛇汤印象如何?"

应试者们以为这就是复试的开始。第一位忙起身,点头哈腰地对邵成龙笑道:"别提这蛇汤的味道有多美了!邵经理通知我们来复试,还特意准备了蛇汤给我们当早餐,这分情意,能叫我不为您邵经理甩开膀子豁出去干一番事业吗?"

邵成龙含笑点点头,心想:这是个马屁精!

第二位应试者也站起来,跷着大拇指说:"邵经理!说心里话,这蛇汤的味道简直可以和广州蛇餐馆的汤媲美!难怪来过这儿的人都想再来第二回呢!"

邵成龙含笑点头,心想:此公乃人云亦云之辈!

第三位应试者,指着自己面前的汤碗,摇头晃脑地说:"邵经理!要说这蛇汤嘛,味道好极了,是正宗货!不过,我们可是身处中原地带呀!当地人有当地人的口味和习惯,因此,我想,或者叫建议也可以,如果在蛇汤里放上点葱姜炝锅,会不会更合中原人的胃口呢?"

邵成龙听得差点皱起眉头,心想:此公聪明外露,故作精明,简直是乱点鸳鸯谱!

第四位是五位中唯一一位女士。她笑笑说:"邵经理!我吃的这碗蛇汤,味道是挺纯正的。要是我们端给顾客的蛇汤,每一碗都能像这样保质保量,味道纯正,我们的蛇餐馆当然就会保持兴旺发达的好势头啦!"

邵成龙含笑点头,心想:这位以后兴许是个"把家虎",她倒是人还没到,心先落到我们蛇馆了。

第五位是个二十四五岁的小伙子,中等个头,比邵成龙略瘦一点儿,长相两人倒是相近。他抬起头来,语气平和地对邵成龙笑道:"邵经理!这蛇汤的味道应该说是挺鲜美的,不过,我是头一次品尝,多少还有点不适应它的味道,因此我想,来餐馆用餐的人,各人口味不一,对酸、甜、苦、辣、咸的味觉适应能力不会是一样程度的,这样嘛,我们餐馆的菜只要做出自己的风格,很快就会吸引来大批顾客的。我进一步想,我们蛇餐馆之所以受到顾客欢迎,食客盈门,是因为我们的菜肴别具一格,这也正是蛇餐馆的优势所在。"

邵成龙连连点头,满脸是笑,心想:这小伙子够我们蛇餐馆经理的材料!他当即留下第四位和第五位应试者正式复试。

留下来的两位接过了邵成龙从皮包里拿出来的两张复印纸试卷。打开一看,卷面上是一幅画,画的是一个成十字交叉形的木桩,上面一字成排地停落了九只小鸟;木桩不远处的空地上,有块核桃大小的石子,还有一个藤编的簸箕。要求应试者在二十分钟内完成一篇一百字以内的"看图有感"。

邵成龙看看手表,说:"现在开始!我计时了。"

二十分钟,很快过去了。

邵成龙先看女士的试卷。上面这样写着:开餐馆做生意好比是打鸟。木桩上停有九只鸟,若是捡起地上的石子去打,打到的只是一只,飞走的是八只。若是捡起地上的簸箕,支上撑杆,引下九只鸟来,就可以把它们都罩住。蛇餐馆应设法招引来众多的顾客,而不能只注重于过分讲究口味的少数人。

邵成龙再看小伙子的试卷:餐馆视顾客为上帝。落在十字架上的那九只鸟就是上帝。如果我们捡起地上的石子去打伤一位上帝,另外的八位上帝也就飞走了。因此我们应该扔掉石头,捡起簸箕,用它盛来麦粒撒在门前,把十字架上的上帝都招引到我们这里来。

邵成龙看完小伙子的答卷,激动地"呼"地一下站起来,一把握住他的手说:"阁下,您入选了!"

小伙子看看一旁的女士:"那么,她呢?"

邵成龙马上对女士笑道:"您也是百里挑一的人选。如果愿意,也可以来当个接待部主任助理,不过,月薪减半。"

女士"扑哧"一声笑了:"我才不来呢!告诉您,您高薪聘用的这位主任,是我的老公!"

邵成龙大惑不解:"怎么?"

女士开心地一笑:"邵经理!有比较才有鉴别。这回,我是诚心来为我老公做陪衬的啦。红花能缺绿叶扶吗?"

(聂建长)

下岗以后

　　艾军在汉陵棉纺织厂当宣传干事已经七八年了，刚跨进不惑之年的门槛儿，偏偏遇上了企业破产。

　　起初，他并不把这当回事，心想：自己好歹也算是个干部编制，安置工作不成问题。可如今三个月快过去了，他怎么也想不到，那些电工、机修工，一个一个都被集体企业挑走了，而自己却还闲在家里，连个开工资的地方都没有。

　　他心里烦透了，妻子冬云一次次逼他出去找活干，他大发其火，最后连家门也懒得出了。

　　你想么，原来在办公室里坐惯了，现在真要到社会上去，他能干什么呢？

　　冬云有位初中时的同学，在区联运社当头儿，这天特别热心地找上门来,硬要把刚过世的瘦巴老头家里人退回来的一辆三轮车借给他们,让艾军先干一阵蹬三轮的活儿,总比空呆在家里好。

冬云想叫丈夫去试试,可是艾军说什么也不干,这种营生,想起来就丢人现眼,要是让原来厂里那些同事们知道了,唾沫星子不把他淹死才怪呢!

为这事,两口子整整吵了一个晚上。最后,冬云气得说不出话来,抱上被子到外间沙发上去睡了。

第二天早上,艾军醒来时,不见了冬云的影子,他猜想冬云准是一气之下回娘家去了,就一个人怏怏地喝起闷酒来。

正喝得个天昏地暗的时候,冬云踏进门来,看到他脖子根通红,一副醉醺醺的样子,不由得火冒三丈,上去就把酒瓶子给摔了。

艾军这才弄清楚,原来冬云一早把孩子送到学校后,就到她哥哥家借钱去了。孩子都开学四五天了,还没凑齐学费,冬云比着了火还急。谁知她刚走进哥哥家门,还没坐稳,嫂子便在厨房里摔摔掰掰的,说的话难听极了,哥哥没敢多留她,悄悄塞给她两百块钱,催她快走。冬云怕哥嫂怄气,不想拿这钱。哥哥说:"那怎么行呢?孩子上学是大事,咱手头再紧,也不能亏了孩子,这点钱你先拿回去应应急吧。"可眼下冬云万万没想到,日子都过成这个样子了,丈夫竟还有心喝酒。她气得连骂带哭,撕扯着艾军的衣服往外拽,闹着要和他上法院去办离婚。

艾军知道自己理亏,但又碍于大老爷们的面子,举起右手想打老婆,却浑身发抖。他用力挣脱了冬云的撕扯,一跺脚,跑出门去。

艾军漫无目标地在街上走啊走,心里觉得又无聊又烦恼。天渐渐黑了,他口袋里的大半包劣质香烟也抽完了,还是鼓不起勇气回家。

无意中，他看见前面有家舞厅，只收两元钱门票，正好，自己口袋里还剩两元钱，便买了一张票子，走了进去。

舞厅里灯光幽幽，人影簇簇，艾军刚在靠角落的一个空位子上坐下来，便有一位打扮入时的漂亮女人过来请他跳舞。

一曲下来，两人渐渐熟了，艾军才知道，原来这漂亮女人以前跟自己是一个厂的，因为艾军是搞宣传的，能讲会写，她对艾军仰慕已久，而艾军却不认识她。

此刻，她递给艾军一张名片，自我介绍说，她叫施海燕，由于家庭不和，几年前跟丈夫离了婚，又辞了厂里的工作，一个人做起了服装生意。她下星期要去广州进货，想找一位可靠的人帮忙，问艾军愿不愿去。

其实艾军并不知道，这个施海燕刚才是在街上偶尔看到他的。

施海燕早已从原来一起干活的小姐妹口中知道工厂破产的事，眼下艾军这副落魄的样子，等于明白无误地告诉她自己目前的处境。她十分清楚，像艾军这种自视清高的男人，现在心里想的是什么，她不愿意放过这样的机会，所以便一路跟着艾军进了舞厅。

此刻，她并不急于叫艾军马上答复她，她给艾军一天时间考虑，如果愿意和她一起南下的话，可以按照名片上的号码，给她打电话。

艾军借着舞厅里闪烁的灯光，好容易看清楚，名片上这位叫施海燕的女老板，就住在有名的香河花苑。那可是高标准的一流商品房住宅小区，能成为那儿房主的，绝对都是拥有几百万的大款。

艾军手里捏着名片，眼睛不由朝施海燕脸上扫了一眼。

施海燕叫服务生送来两份饮料，见艾军想说什么，却又吞吞吐吐的样子，便微微一笑，说：“你放心，往返机票，全部吃的、用的,都包在我身上,另外我再给你一千块劳务费,怎么样? 我们原来都是一个厂的,我绝对不会骗你。"

艾军浑身一激灵:一千元? 他心里没底,疑惑地问:"你到底要我帮什么忙? 我一个老实巴交的人,连句骂人的话都不会说。"

施海燕"咯咯"笑了起来:"你以为要人帮忙就是跟人打架呀? 做生意可没你想的那么可怕。我只想进货时有人陪着,心里踏实些。话再说回来,假如真遇到劫匪,抢了钱,我决不会怪你,只当我运气不好……"

"这……"艾军听得糊涂了,"既然这样,那你还要雇我干什么?"

施海燕的脸"腾"地红了,柔柔地说了一句:"你不要问为什么,你就告诉我,去还是不去。"

艾军隐隐感觉到了什么,他看着施海燕那种志在必得的贵妇人神态,心底顿时生出一种蒙受污辱的痛楚感觉,可又一想,这毕竟是一千元哪,短短几天就可以拿到至少抵他过去三个月的工资,诱惑实在太大了!

他对自己说:"去! 为什么不去? 只要我行得正,这么好的机会为什么要放过? 何况她看上去也不是个放荡女人,我怕什么?"

想到这里,艾军便对施海燕说:"钱多钱少我不在乎,只是这一走,少说五六天,能不能让我回去先跟妻子商量一下?"

"那当然,那当然!"施海燕爽快地点点头,"我也是有过家的人,知道像你这样有责任心的男人,现在真是太少了。去还是不去,你自己看着办吧。不过……"施海燕拖长声音想了想,说,"我是做生意的,喜欢把话讲在前头。你一旦答应了我,就不能反悔,你要违约了,就得赔偿我的损失。"

艾军一听这话,只觉得脸上火辣辣的,也顾不上摆什么宣传干事的臭架子了,一个劲地点头说:"这我……我懂。"

艾军回到家里,已经快晚上十一点钟了,走进厨房,掀开锅盖,里面空空的,冬云连一口剩饭也没给他留下。他知道她还在生自己的气,便蹑手蹑脚地走进卧室,也不管冬云是真睡还是装睡,硬着头皮把她给摇醒了。

"你干啥你! 还叫不叫人睡觉啦?"冬云揉揉哭红的双眼,直朝艾军发脾气。

艾军说:"有件事情,想跟你商量……"

冬云呛了他一句:"有啥好商量的,除非你答应明天蹬三轮去。"

艾军一听"蹬三轮"三个字,火气上来了,抬高嗓门说:"你以为你老公真是一泡臭狗屎,没人要啦? 实话告诉你吧,今天我出去随便走了一圈,天上掉下来的馅饼,就砸得我两眼直冒金星……"

冬云白了他一眼:"去去去,我没心情跟你开玩笑。"

艾军说:"谁跟你开玩笑啦,我这是正儿八经在跟你说话。我今天在街上碰见一位熟人,是做服装生意的,她叫我陪她到广州进货。你看,我去还是不去?"

冬云随口说:"给钱就去,只有傻瓜才白帮忙呢!"

艾军得意地说:"我才不会傻呢,人家答应进货回来付给我一千元劳务费……"

"啊,一千元?"冬云一听就惊呆了,"这比我两个月的工资还多呀!"冬云顿时脸上乐开了花。

"不过,"艾军迟疑地补充了一句,"人家是个女的。"

"什么? 你说雇用你去广州进货的人是女的……"冬云听丈夫这么一说,就像当头浇了盆凉水,"怪不得便宜事叫你遇上呢! 她是可怜咱日子过不下去了,还是和你有啥特殊关系? 你说呀!"冬云歇斯底里地质问道。

艾军笑了:"看你都想哪去啦,你明明知道我从来就不跟单位里那些女的来往。你放心好啦,这人是怕路上遭抢劫,才找上我的。她说她原来在我们厂干过,知道我,因为下面车间人多,我以前倒不认识她。"

"那你刚才咋说是熟人呢?"冬云咬住不放。

艾军一下愣住了,支支吾吾道:"我……我没说清楚,我们也是刚刚才认识的。"

艾军边说边偷偷打量冬云的脸色,他自己也搞不清楚为啥刚才要对妻子撒谎。

还好,冬云好像完全相信了丈夫的话,没有再追问下去。

艾军便又把女老板的名片递到她手里,说:"雇我的就是这个女人,你看我究竟去还是不去?"

冬云反反复复地把名片拿在手里,研究了半天,咬咬牙说:"去,给钱干吗不去!"

艾军还在犹豫:"我跟一个陌生女人出门,你真的放心吗?"

冬云笑道:"你又不是吃喝嫖赌去,我有啥不放心的?"

艾军说:"那好!如果这回跟女老板进货顺利回来,咱就再不用找你哥借钱了。"

于是第二天,艾军便给那个叫施海燕的女老板回了电话。

一个星期以后,艾军按照与施海燕约好的时间,到市中心广场跟她碰头,准备一起乘出租车到机场去。

艾军本想让冬云送送他的,冬云却说:"今天我上前半班,没时间了。"

艾军说:"那好,你上你的班去,我走了……"

艾军提着旅行包,刚走到楼梯口拐弯处,冬云忽然从房里冲出来,叫住他说:"哎,我说,路上你可要当心呀!"

艾军点点头:"我知道。"

艾军下了几个台阶。

冬云紧撵几步，又叫住了他："你说，这回跟那女人去广州，不会有啥事吧？"

艾军一愣，猛然明白了妻子说这话的意思，朝她挥挥手，笑道："瞧你都想哪儿去了！"

冬云脸一红，不好意思地低头回进屋里，把门关上了。

当艾军来到市中心广场时，施海燕早已等候在这里了。她见艾军没有失约，很高兴，问："你吃饭了没有？"

艾军回答说："吃过了。"

施海燕说："我真羡慕你呀。"

艾军奇怪地看着她，问："我现在既没权，也挣不来钱，你羡慕我什么呀？"

施海燕叹了口气："你虽然生活过得清贫一点，但有个好妻子，而我呢，唉——除了有钱，什么都没有了。"

艾军听到施海燕说这些，心里很不是滋味，但出于礼貌，他并没多说什么。

施海燕看出来艾军对她还存有戒心，说不定还以为自己想勾引他哩，顿时感到有些尴尬，也不再说下去了，将脸扭向马路这边，望着来来往往川流不息的车流，佯作叫车的样子。

一辆红色夏利出租轿车，从后面驶过来，施海燕刚抬起手，车便"嘎吱"一声停住了，还不等她拉开车门，招呼艾军跟她一起上车，却出乎意料地从车里钻出一个女人来。

"你……"艾军惊讶地叫了一声，他万万没有想到，从出租车里下来的不是别人，竟是平时从来舍不得叫车，连买几根葱都要跟人讲半天价的妻子冬云。

冬云也不顾施海燕在场，一头扑到艾军跟前，不容分说，拉着他就往出租车里拽："军，咱不要她那一千块钱了，咱回家去。"

"咋啦？"艾军的心里"怦怦"跳，"冬云，家里出啥事了……"

"没事。我就是不让你去广州。"冬云急得眼泪都快要流出来了。

"这么说,是你对我不放心? 后悔了,是不是?"艾军问道。

冬云紧攥着丈夫的手,憋了半天,说:"咱……咱家里不能没有你……"

施海燕站在一边,已经完全明白是怎么回事了,她下意识地朝远处走了几步,背过身去,不忍再看这对夫妻分别的场面。

过了大约五分钟的时间,艾军朝施海燕走过来,他望着她那泥塑般孤零零的背影,低声说:"对不起,我妻子要我回家,我不能去了……"

"我知道。"施海燕默默地咬住嘴唇。

"飞机票钱,我以后会挣钱还你。"艾军小心翼翼地补充了一句。

施海燕无力地摆摆手:"不用了,我不缺钱……"

冬云忍不住从后面走上来,插嘴道:"不,哪怕我们全家不吃不喝,这钱以后是一定要还你的。"

施海燕望着冬云那张像晚霞一般在燃烧着的脸,愣了片刻,什么也没说,一挥手,叫了辆出租车,也不给他们打招呼,钻进车里,走了。

艾军和冬云两口子,望着远去的出租车影,谁也没说话。

最后,还是冬云先打破了沉默,问艾军:"是不是你违约不去,她很难过?"

艾军若有所思地点点头,说:"是的,她很难过……"

"为什么呢?"冬云不解地问,"我们不是答应还她钱的么?"

艾军摇摇头:"这和钱没关系……"

"那为什么?"

"因为……"艾军沉思着说,"因为咱们有家庭的温暖,她没有……"

是这样! 冬云霎时觉得眼前一亮。她紧紧依偎着艾军,仿佛有股暖流涌遍了全身。

艾军悄悄用手捅了一下冬云,开玩笑说:"你看你办的傻事,今天眼睁睁把快要到手的一千块钱给扔了。你不后悔?"

冬云自豪地说:"我不后悔。"

"那我要是还不答应你去蹬三轮呢?"

"不蹬就不蹬吧,只要我们一家人和和睦睦,就是日子再苦点,我也知足了。何况现在政策这么活,只要我们齐心协力,没有过不了的难关。"

两口子手挽着手,高高兴兴地回家。太阳照在他们身上,好暖和,好暖和……

(雷国胜)

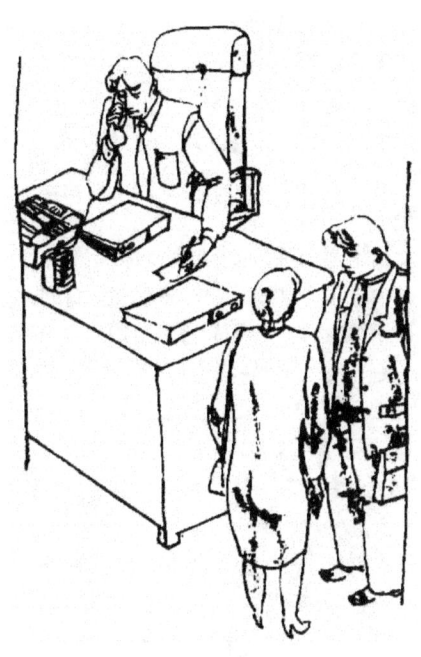

当回老总

　　三江市是一个开放城市,听人说,那里发财的机会特别多,为此,吸引着全国各地想淘金的人。

　　邱猴就是其中的一个。

　　邱猴没到三江市之前,在江西省一个小县城的科委里工作。他长的是猴脸,个子瘦小,身高只有一米六,被女性看作三等残废。在单位,他是一个"三十晚上打兔子,有它过年,没它也过年"的角色,只有初中文化,又不是干部,只能干些杂活。他自己知道混不下去,干脆请病假跑到三江市去打工,临走时发誓,混不出个人样不姓邱。

　　邱猴去三江市两年,毫无音信,十个人中早有九个忘了他,只是最近单位里对停薪留职的人员进行了一次清理,在名单里发现了他,于是便派人事科张干事和女科员小林去找他办手续。

张干事和小林到三江市后,费了一番周折,给邱猴打了个传呼。

邱猴很快回电,说这几天正和台湾老板谈一个大项目,没时间见面。当知道张干事他们是专程来找他的,才改变了口气说:"你们先玩一玩,两天后我来找你们。"

两天后,上午八点半,张干事接到一个电话,是邱猴的秘书打来的,那声音娇滴滴的:"喂,张先生,真不好意思,我们邱总临时有事要接待一个外商,现在抽不出身接你们,请你们叫个车到我们公司来。我们公司在友谊路38号兴华大厦28楼,很好找。"

张干事答应道:"没关系,我们自己来吧。"

为了不让人看不起,两人要了一辆"的士"。

的士经过一条条繁华的街道,在一个豪华的大楼门口停下。这时,有两个戴红帽、穿红衣的小伙子来开车门。

张干事和小林从未见过这种场面,都有点拘束,他俩踏上台阶,正琢磨着怎样进门,关闭的玻璃门"刷"地一声自动移开,在小伙子的引导下,乘电梯上28楼"兴华公司"。

一个穿红色连衣裙、化着淡妆的小姐从前台站起来:"请问先生、小姐,你们找谁?"

得知张干事他俩是老板请的客人,小姐马上拿起电话联系,然后把他俩领到"总经理室"门口,里边一位胸前别着"秘书"工作牌的小姐,又把他们带到一个房间。

邱猴就在里面,正在打电话,见客人来,点点头算打了招呼。

张干事坐着软绵绵的皮沙发,感到特别舒服。趁邱猴在打电话,他注意起整个房间的设备和家具:棕色的大班台比双人床还大,棕色的皮椅能转来转去,这两件就值两万元,这是他昨天在家具商场看到的。一台电脑、五件套意大利皮沙发,价值都在三万元以上。他估算,总经理室的设备、家具有十多万元,如果在他们县城，能买三套二房一厅的楼房，可以解决三户人家的住房。

邱猴这小子，真是发了！

邱猴的电话打得非常投入，几乎忘记了客人的到来。他比过去黑了，瘦了，但眼睛比过去有神，头发抹着油，分成三七开，系着一条花色领带，身着名牌西装，一副港式打扮。不足的是他个子太小，坐在宽大的大班台面前，像一个小学生，很不协调。

大约过了二十分钟，邱猴终于挂上电话，离开大班椅，像首长接待外宾那样，与张干事、小林握了握手，说："对不起，让你们久等了，你们这次来正好赶上我最忙的时候，没时间陪你们。"

张干事忙说："没关系，我们让你办个手续就行了。"

"什么手续？"邱猴正说着，腰间的 BP 机、桌上的电话机同时响了起来。他走向大班台，拿起红色电话，说了几句，又换成绿色电话，他正说着话，腰间 BP 机又"嘀嘀"响个不停，与此同时，大哥大又"嘟嘟"地闹，顿时，电话声此起彼落，好不热闹。邱猴放下电话，又拿起"大哥大"，说了几句广东话，脸色由红变青，将"大哥大"往桌上一扔，随即按下红色电话的免提键："把张生给我叫来！"

门被推开，进来一个穿西装、戴领带的青年人，他还未站定，邱猴就拍着桌子喝道："笨蛋，你是怎么搞的！"

青年人弯腰低头，两条长长的腿在颤抖，放低声音说："老板，请听我说……"

邱猴用手一挥："别说了，你到财务科多领一个月工资，吃'自助餐'去吧。"

"老板，我家里有老有小，被您一端饭碗，小孩读书、老人吃饭都成问题。老板，给我一次改正机会吧。"青年人连声哀求，眼看就要下跪。

"你既然知道后果,为什么不听公司安排,把事办砸了?"邱猴坐下,口气比刚才好了些,"好吧,今天刚好我朋友来,算你有运气,就给你一次机会。滚!"

青年人连声道谢,狼狈不堪地退了出去。

青年人走后,邱猴点上香烟,刚才那张拉长的脸又回复到原来的样子,他说:"这个员工真臭,把我一笔生意做砸了,原来可以赚两百万的,现在只赚一半。这人素质太差。算了,不说这些。我们单位好吗?我都没时间回去看看。你们专程来找我,有什么事说说吧。"

张干事见邱猴这么忙,就从皮包里拿出一张通知书递给他。通知书里的内容是要邱猴在半个月内回单位办理调出手续,过期不办理,单位将按《劳动法》有关规定处理。

邱猴接过通知看了看,大模大样地将通知往大班台上一搁,正在这时,他的手提电话响了,他接听了一会,说:"对,说好了,在王朝餐馆,就是那个五星级宾馆的餐馆。我现在就去。"

听了邱猴的话,张干事和小林知趣地起身告辞。

"真是对不起,同事之间没能好好聊聊。"邱猴学外国人做了一个万分无奈的动作,按了桌上的电话,叫来秘书小姐,说:"领我这两位同事去吃午饭,我走了,有事打我手机。"

秘书点头,又用手拍拍邱猴西装上一个小白点,然后含情脉脉地望着他,道了声"拜拜"。

邱猴走了。张干事和小林推脱不过,就和秘书小姐到了下面一楼的小餐厅。

吃饭时,秘书小姐告诉他们,兴华公司除了三江市外,内地还有十家分公司,固定资产20亿,目前正在申请股票上市。邱总是个有经济头脑的人,他一拍脑袋就能拍出几十万元利润。

秘书小姐的话使张干事嫉妒起邱猴来:这小子,要是在我们单位,还不是干他的杂工!

秘书小姐还说了一个消息:公司因扩大业务,最近要招聘一批管理人员。这消息引起张干事和小林极大的兴趣。吃饭间,秘书小姐腰间的传呼机响个不停,他们只好加快进度,狼吞虎咽。结账时,秘书小姐拿出一张"长城卡",服务员说100元以下不收卡,张干事就摸出现金,秘书小姐半推半就,说了几声"谢谢"。

当天晚上,张干事在客房里心神不定地抽着烟,来三江市几天,好像经历了十年时间,才知道外面的世界是这么精彩,他的头脑里像放电影似的出现了一个个镜头:豪华的办公室、高档的大班台、漂亮的女秘书、温柔的服务台小姐、邱猴神气活现的训人场面……

他想着想着,便给住在楼下的小林打了个电话:"后天下午就要回家了,这两天还有什么要做?"

小林告诉他,想到邱猴的公司去应聘。

张干事听后便说:"我也去。这样吧,我们明天再去找邱猴,一是看他接通知后有什么反馈,再顺便问问招聘的事。"张干事很自信:凭着我这样的才能、文凭、实际工作经验,在原单位时比邱猴强十倍,在这里干两三年不可能不超过他。

第二天,张干事和小林去找邱猴。因为有了昨天的经历,这回便轻车熟路到了"兴华公司"。

"找邱总。"张干事说"我们是他以前的同事。"

"请问你们有没有预约? 本来,没有预约我们老板是不见人的。不过,你们说是他以前的同事,我试试吧。"前台小姐拿起话筒,说了几句粤语。片刻后,她搁下电话说:"对不起,我们老板不认识你们。"

张干事听后像被人打了一棍子:邱猴这小子一下子就翻脸不认人了?

他突然想到了什么,便问小姐:"你们老板是不是姓邱?"

小姐听后拉开抽屉,拿出一个本子翻了翻,恍然大悟地说:

"哟,原来你们要找的是邱老板,他是董事长,今天和秘书去日本了,要两个月后才回来。你们找他有啥事？请说,我负责转告。"

邱猴突然出国,张干事和小林感到失望。但既然来了,总不能错过机会,于是便向小姐打听她们公司是不是要招聘人员。

小姐那双迷人的眼睛像一架扫描仪,把他俩从头到脚扫一遍后,问:"你们都来应聘?"见两人都点头,又说,"时间我可以安排,因为最近来应聘的人特别多。"

张干事心里一阵紧张,没想到这么快就有人来报名,便问:"你们要聘用什么人？能不能让我们看看简章?"

小姐说,简章是通过秘密渠道发的,要是老板知道是她给的,会被炒鱿鱼的。

张干事告诉她,他们是董事长的老同事,决不会出卖人,并从衣袋里摸出一张50元钞票,往小姐抽屉里塞。

小姐笑了,看看四周无人,就从抽屉里拿出一张粉红色的纸,折成一小块塞进张干事的衣袋,说:"绝对不能在这里看,快到外面去。"

走出大厦,张干事像揣着一封少女的情书,心里"怦怦"地跳个不停,两人到了一个没人的墙角处,摸出那张纸,打开一看,确是一张招聘简章。

内容是这样的——

您想当老板吗？您想当总经理、董事长吗？您想在你的亲友、同事面前炫耀一番吗？本公司能为您提供这样的机会。

不管男女老少,只要您掏出钱,您就能将这一梦想变成现实。

本公司提供有关场地、设备和配套服务:包括豪华高档总经理室、小车、女秘书,甚至西服领带等一切用品。为了给您留下光辉的形象,本公司还可为您录下您当老总时的镜头,包括训斥员工(被训斥员工由本公司提供)等场景,供您作永久性留念。

　　费用:一小时500元起(每小时的内容可面议)。

　　本出租公司欢迎您加盟,欢迎您应聘。

　　……

张干事和小林看了这则简章,如梦初醒。

(林永炼)

孝顺"女儿"

　　只要打开话匣子，王大妈总是跟邻居这样唠叨："人都犯傻，我说都犯傻！都想着要生儿子，可儿子哪能跟女儿比？女儿是爹娘的小棉袄、贴心肉……"

　　提起王大妈，也真是不容易。结婚后，接连生了三个儿子。小儿子刚满周岁，丈夫不幸得病死了。王大妈没改嫁，靠守着桥头的一只小摊儿，卖点顶针、耳扒、木梳、丝线什么的，好不容易才把三个儿子拉扯大。三个儿子还算争气，一个个都有了出息。大儿子在水产公司当经理，二儿子在轻工业局当股长，小儿子在人保公司当会计。邻居们都说："王大妈苦出头了，享福的日子在后头！"

　　哪知道这话却是说白了。前年冬天，王大妈起床上厕所，脚下一绊,摔了个大跟头,此后就半身瘫了。头几个月三个儿子还算孝顺,又是请名医又是找处方,半年下来还不见有好转,都一个个皱起了眉头。

真所谓"久病床前无孝子"。

王大妈瘫虽然瘫了,精神却还健旺。她把三个儿子叫到床前,商量说:"'没啥不能没了钱,有啥不能有了病',现今娘是既没钱又有病,连床都下不了,只有靠你们仨轮流照顾了!"

"这个自然,好说,好说。"三个儿子满口答应,并且相互商定:从老大开始,每家轮养三个月。

先去大儿子家。才住了一个来月,大媳妇不耐烦了:"这可怎么办哪? 每天又是屎又是尿的,家里成天臭烘烘……"

老大怕老婆,找娘商量说:"我看,您还是去老二家住吧,免得闹僵了,我缠不过她,让您也跟着受气。"

王大妈体谅儿子,答应了。

于是去二儿子家。

二儿媳妇嘴比蜜甜,一口一声"娘"地叫:"娘,您还是少喝点水,起床不方便,尿床上我没工夫洗不说,您也遭罪!""娘,您还是少吃点油腥,大便臭,免得让人嫌!"弄得王大妈成天又饥又渴,瘪着肚子干熬。

就这样,二儿媳妇也还是耐不住了。两个星期后,找娘商量说:"娘,这回您二儿子去广州出差,我也想跟着去开开眼界,机会可是难得,您是不是早点搬老三家去住?"

王大妈无话,也只好答应了。

在小儿子家刚住一个星期,小儿媳妇便嘴不像是嘴、脸也不像是脸了,又是"工作忙"了,又是"住房挤"了,又是怨老大、老二家甩包袱了,成天唠叨个没完。

王大妈泪水涟涟,再也住不下去了,重新搬回到自己的老屋里。

总不能让瘫痪的娘一个人呆在老屋呀,送饭送水大老远不说,屙屎撒尿可咋办? 三个儿子商量来商量去,只有雇保姆。

很快在市郊农村找到了一个愿意当保姆的女人,三十出头,叫银芬,年前刚刚离的婚,她丈夫另有了相好的女人。

弟兄三个商议一番,看银芬挺老实,便约定每人每月贴180元钱,三一得三,三八二十四,共是五百四十元,连老娘和银芬的伙食费带工钱全在内,都交给银芬安排。

银芬攥着这一把钱,筹算了一遍又一遍。晚上,她对王大妈说:"您就把我当女儿看,想吃点啥,就告诉我,我去买。"

王大妈哽咽说:"银芬哪,就这几个钱,要支付水电费,要买煤,再加上我们的吃喝,剩下没几个工钱哇!"

银芬说:"省着点花,够了! 得空,我领点绣花活儿,也能挣几个贴补贴补。"

一个月下来,王大妈和银芬相处出了感情,真比娘儿俩还亲。

大儿子不放心,偷偷去看了几回,都选在吃饭的时候。他看见娘的碗里有荤有素,面前有炒有汤,什么也没说。

二儿子也不放心,悄悄地问过娘:"娘,能吃饱吗? 汤水周全吗?"王大妈连声夸:"好,银芬真好,比亲女儿还孝顺!"

三儿子同样不放心,好几次验看了银芬的菜篮子,每次也足足花上七八块钱;好几次摸着娘的床垫褥,也都是干干松松的。

更难得的是,银芬还把王大妈的两套旧棉衣旧棉裤全拆了,填入新棉花,重新缝起来。王大妈穿在身上连连叫暖和,说是这辈子也没穿过这么软和、这么合身的棉衣服。

一年后,银芬要回家了,说是寄养在娘家的儿子该上学了,学校要按照户口报名,她必须回去照应。

王大妈一个劲地流眼泪,她舍不得银芬离开,也担心自己往后再没有好日子过。说着说着,她发急了,对银芬说:"乡下那一亩几分地,一年苦到头,能挣几个钱?儿子要念书,到城里来念,不更好?"

银芬眨眨眼:"这……能报上名吗?"

"嗨,隔壁刘家那大儿子,就是第五小学的校长,他小时候吃过我的奶,我跟他说,没个不答应的理!"

果然一说就成。于是,银芬把儿子从乡下接来了,也住在王大妈家里。

三个儿子倒还好,三个儿媳妇却不乐意了,一个个嘴尖鼻子翘:"我们出钱雇的可是保姆!她倒好,干脆把家也搬来了!""可不!凭什么咱们出钱养活她娘儿俩?这算哪门子事呀!""让她走!我们另外再雇一个。"

谁想王大妈却死活也不答应,哭得满街响:"我好不容易才认下这么个孝顺的女儿呀,你们却要赶她走,这是存心不想让我活了呀!银芬要是走了,我也走,我卖了这两间房,跟她住乡下去,我不想听你们的馊话呀!谁要是赶她走,我跟谁没完……"

王大妈这一哭,三个儿媳妇只好一个个灰头灰脸地走了。

银芬流了几天眼泪,最后也还是留了下来。因为她同样舍不得王大妈……

(黎 化)

居心叵测

　　苏州城西有棵大榕树,榕树下是个保姆市场,经常有不少外地姑娘结伴到这儿来等待招佣,她们手上都拎着一个小包袱,那是随身带的换洗衣服。

　　这天,榕树下孤单单出现一个姑娘,看上去只有十七八岁的年纪,长得白白净净,乍一看还以为是哪个舞台上的演员哩,可她手里也拎着一个小包袱,原来也是来等待招佣的。只见她张大两只眼睛注视着来往行人,偶尔有人停下来打量她几眼,她就脸涨得通红,一副想说又不敢说的害羞样。

　　这位姑娘叫小蓉,她是从上海专程来这里准备应聘打工的,已经来大半天了。正等得急呢,只见一个老头慢慢踱了过来,眯着两只眼睛,上下直打量她。

小蓉鼓起勇气，羞涩地问道："老伯，你是不是想找保姆？"

老头一愣，听口音这姑娘是上海人，不由停住了脚。再细看一张白嫩嫩的脸蛋，就喜欢上了，连忙问："上海来的，怎么不读书啊？"

小蓉脸一红，说："我今年没考上大学，想边打工边读书，明年再考。"

"那……"老头奇怪了，"你为什么不呆在上海，要跑到我们苏州来？你父母……"

小蓉顿时脸涨得通红："我不是被父母赶出来的，我是瞒着父母自己跑出来的，我不要靠他们，我想自强自立……"

小蓉的话还没说完，手里的小包袱已经被老头接过去了。老头爱怜地对她说："姑娘，到我家去，我就要找个像你这样的保姆，我不会亏待你。"

那老头姓祝名小熊，原是上鞋八厂的退休工人，老伴早亡，如今独居在苏州城里，被左邻右舍戏称为"联合国秘书长"。那倒不是瞎三话四，因为他有三个女儿，长女寓居日本，次女跟随丈夫伴读美国，小女儿阿花在俄罗斯"洋插队"，所以逢年过节，只要这一家子团聚，祝老头就成为当然的联合国秘书长。

秘书长今年已七十有二，头发秃光了，眼睛老花了，血压升高了，就是还不肯服老，总想拈花惹草，老没正经。有年夏天，他趁公共汽车上乘客拥挤之机，摸一个中年妇女的屁股，下车以后，那妇女同他论理，他还振振有词地分辩道："你这个女人太神经过敏了，这么挤的车子，你贴我，我碰你，当什么真，你有意见，向公交公司说去，我可不是你的出气筒。"但是这回祝老头失算了，他今天碰到的不是一般的老百姓，而是公安分局的女侦察员。被送进附近派出所后，在民警的教育下，他只好一把鼻涕一把眼泪认罪求饶。民警见他认罪态度还好，决定放他一马，罚款三千。经过这次教训，祝老头收敛了不少，但是贼心仍旧不死，现在他看中小蓉当保姆,不但因为小蓉是上海人,生活习性比较相近,一大半还因为小蓉的模样讨人欢喜。

对这些,小蓉自然是蒙在鼓里,还以为自己遇到了一个好爷爷哩。

祝老头的家离沧浪亭不远,从大门往里有一个四四方方的小庭院,院中有一条鹅卵石铺成的甬道,两侧不规则地散放着许多盆花,大多是清瘦型的七月菊。甬道尽头是一排三开间的矮平房,东厢房是他的卧室,中间是客厅兼堆杂物,西厢房正好空着,祝老头就把小蓉安排在那里住下。

一晃一个月过去了,小蓉白天做家务,晚上勤读书,倒也相安无事。

这天晚上,突然下起瓢泼大雨,小蓉正在西厢房里挑灯夜读,忽听祝老头在东厢房里高声叫她:"阿蓉,快过来,我老毛病发了。"

小蓉闻听急忙赶了过去,只见祝老头坐在被窝里,见小蓉来了,有气无力地说:"快给我捶捶,我的气喘病又犯了。"

小蓉赶快跑上去,在祝老头的背上轻轻捶了起来。

过一会儿,祝老头好像好了许多,说话声音也响了:"阿蓉呀,你来我家已经一个月了,还过得惯吗?"

谁知祝老头这一声问,却引来了小蓉两行泪水。为啥?小蓉毕竟是个孩子,离家一个多月,哪有不想父母的,而她拼命克制自己,既然下决心出来闯世界,就不能老哭鼻子掉眼泪呀。

她一抹两眼,强笑着对祝老头说:"谢谢老伯关照,我很愉快。"

"那好!"祝老头眯着两眼说,"阿蓉呀,老伯今天想与你商量件事,不知你答应不答应?"祝老头一边说,一边就拉住了小蓉的手。

小蓉疑惑地望着他,猜测老人是不是因为犯病,而要交待什么事情。

只听祝老头说:"阿蓉,实话对你说,老伯今年年纪是大了点,但我是过来人,懂得对女人的体贴,而且我有的是钱。你看!"

祝老头从枕头下抽出一张五万元的存单,激动得满面红光:"如果你今晚答应同我结婚,这张存单就是你的了。"说罢,他一扫刚才那有气无力的样子,扑上来抱住小蓉就想亲嘴,羞得小蓉面红耳赤,拼命挣扎。

此时祝老头已经完全暴露了老色鬼的本相,只见他双颊青筋毕露,两只老鼠眼凸出,大有不达目的决不罢休的样子。

可怜小蓉身子单薄,眼看已力不能支,就要被祝老头得逞的时候,只听老色鬼"呀"的一声,旋即口吐白沫倒在床上。

小蓉惊魂未定,骂声:"活该!"夺门就逃。

外面大雨倾盆,小蓉被雨一淋,脑子清醒过来,她想:这老头真是罪该万死,但是如果他真的死了,我死无对证,将来如何去向他国外三个女儿交待。

单纯善良的小蓉终于又回进了祝老头的卧室,果然老头没有醒过来。小蓉立即向苏州最大的一家医院挂了电话。

很快救护车风驰电掣而来,把祝老头救到医院。医生一检查,认定祝老头是刺激性脑中风,瞳孔已经放大,血压为零,只有心脏还在微弱跳动。

一般常规抢救已经无效,病人必须立即进特监病房,或许还有生的希望。可是进特监病房需预付三万元押金,小蓉救人心切,一面求医生快快救治,一面赶快回去在祝老头的枕头旁找到那张他曾用来诱惑自己的五万元存单,送到医院。

祝老头得到了医院里最好的治疗,三天以后,他从鬼门关转回来了,脸色由死灰转为红润,血压开始回升,只是还不会说话。

小蓉见祝老头落得这副模样,老天已经惩罚了他,如果自己在这时候还耿耿于怀,可能太不人道。因此她一面打电话给祝老头在国外的三个女儿,一面继续尽她的保姆之责。

随着时间的推移,小蓉满以为祝老头会慢慢好起来,但出人意料的是,祝老头的恢复再没有出现进一步的转机,他始终不会说话,可能是大脑丧失了思维能力。医生分析,他完全有可能成为一个长期昏睡的植物人。

这一来,小蓉客观上成了祝老头不是亲人的亲人,成天忙里忙外,帮着护士料理病人。护士还有八小时工作制,下班可以回家休息,可小蓉每天二十四小时都泡在病房里了,饭吃不好,觉睡不香,所以十多天下来,两眼凹陷,人已经瘦弱得不成样子。

总算这一天,祝老头的小女儿从俄罗斯飞回来了。两位姐姐因为手头有事,跑不开,她们商量下来,派小妹先回来看一看。

小女儿名叫阿花,下了飞机家也没回,直接叫车找到医院。她一见老父亲半死不活的样子,就放声大哭。

小蓉好心送上一条热毛巾,想让她擦把脸,她忽地警觉起来,上下打量着小蓉,问:"你是谁?"

小蓉据实自我介绍,又把祝老头的治病经过、钞票使用情况详细说了一遍。

谁知阿花不听还好,一听当众大发雷霆:"我父亲是上海第八制鞋厂的退休工人,他的医药费向来是厂里负担的,你一个小保姆凭什么自说自话,拿我家存单?而且这种大面额的存单,我父亲怎么会随随便便放在枕头底下?"她越说越激动。

小蓉从阿花的话里,方知祝老头是上鞋八厂的退休工人。她被阿花的无理取闹激怒了,索性把祝老头的犯病经过都抖了出来。

"哈哈哈哈!"小蓉话音刚落,阿花放纵大笑,像连珠炮似的说,"都说世上最蠢的女人,在她自己干了坏事以后,总爱推说男人强奸她,你就是这样一个蠢女人。我问你,我父亲既然强奸你，你为什么当时不去报案？又为什么这样自作多情赖着不走？你明明是伪装老实，趁机浑水摸鱼，盗窃我家财物。走，上派出所说说清楚！"

小蓉本是个单纯而稚气的姑娘，怎禁得起阿花一浪高过一浪的攻势？在派出所里，她有口难辩，委屈得大哭起来。

所长问小蓉："你家在哪里？住在什么地方？父母是谁？"

小蓉只回答"家在上海"，其余欲言又止。

在一旁的阿花更神气了，她对所长说："家父是上鞋八厂德高望重的前辈，受到全厂职工的尊敬，这个女流氓竟敢在医院里当众坏我父亲的名声，理应受到法律的制裁。"

所长本来想：这个小姑娘若是居心不良，早就携款溜之大吉，还像憨大一样留在医院干啥？现在却见小蓉连家庭住址和父母的情况都不愿说清，心中不由也起了疑心，所以板起面孔对小蓉说："希望你配合我们把这些情况讲清楚，否则一切后果将由你自己负责。"

小蓉见所长动了怒，只得把她离家的原委说了出来。

原来小蓉正是上鞋八厂江厂长的独生女儿，今年因病误了高考，在家哭得死去活来。母亲劝她说："读大学，不过是将来求个好工作，你爸是一厂之长，让他以后在厂里给你安排个好位子，不就行了？"小蓉听妈这么说，不由心里一动。但是妈的主意在爸爸面前通不过，江厂长语重心长地对女儿说："阿蓉，你没考好，爸心里也不好受，但是我如果利用职权在厂里为你安排工作，我更愧对全厂职工。三十多年前，你爸是个目不识丁的小皮匠，十二岁就一个人从乡下到上海来学生意，硬是凭本事走到了今天。你只要好好努力，将来一定会比爸有出息。"小蓉被爸的一番话激励着，考虑了整整一个星期，决定也一个人出去闯闯世界，一面接触社会经受磨炼，一面努力复习功课，明年有机会再考大学。为怕妈拖后腿，小蓉故意不声张，悄悄打点换洗衣服，又给妈留下一封信,让她和爸放心,然后第二天就不辞而别来到了苏州。小蓉想得很周到,当保姆,首先就可以解决自己的吃住问题,眼下这对她比什么都重要;选择苏州,是因为苏州离上海近,如果实在想家,来去很方便。谁知竟不幸闯进了老色鬼的家。

听完小蓉的陈述,所长沉思着问:"你有一个当厂长的父亲,这是光荣的事情,为什么不肯实说呢?"

小蓉羞怯怯地说:"我现在被人怀疑做贼,还有什么脸去连累我的父亲呢。"边说边抽泣不止。

阿花在旁听得目瞪口呆,她压根儿都不相信厂长的女儿会出来当保姆,同时她又担心:万一这是真的,以后被厂长报复起来,父亲的巨额医药费怕是没得报销了。

但是事实总是事实,所长的长途电话第二天早晨就把上鞋八厂的江厂长和工会主席请到了苏州,请进了派出所。

父女相见抱头痛哭,江厂长深怪小蓉不该不辞而别,害得她妈妈痛失女儿,七天七夜粒米未进,只能靠医生为她吊葡萄糖维持生命。

厂工会主席对小蓉说:"你爸是一个两袖清风、一身正气的好领导,可惜在你的身上表现得过激一点。积极安排待业青年是我们当领导的责任,为啥他能安排别人,却不能安排你呢?厂里职工都为你鸣不平,所以我这次来的任务,不但是解决老祝的医药费报销问题,还要代表我们全厂职工,欢迎你到厂里去工作。"

工会主席一番话,说得小蓉心里好感动,她轻轻抹掉挂在嘴角上的泪痕,含羞而又坚决地说:"谢谢厂里叔叔阿姨们对我的关心。不过爸爸对我这样严格要求是对的,不管怎样,这两个月来我学到好多东西,也看到自己身上的不足,我要好好吸取教训,爸爸,你说对吗?"

　　看着眼前这一切,久居国外的阿花越发担心江厂长会趁机报复。

　　果然,工会主席朝她发话了:"这位夫人想必是老祝的女儿了?我是上海第八制鞋厂的工会主席,有些事情本来是不该对家属说的,但是事情既然到了非得摊牌不可的时候,我也不能不说了。老祝平时确实在生活上不够检点,好几次都是我出面去有关地方把他保出来的。昨天所长长途电话打到厂里,消息传开,就有职工来反映,两个星期前他到苏州出差,在路上碰到老祝,老祝眉开眼笑告诉他,在保姆市场找到一个漂亮的小保姆,他反正有钱,拿五万元出来,不愁这个小姑娘以后不给他做老婆。这个职工深知老祝为人,哈哈一笑也就分手了,没想到老祝说的这个小保姆就是江厂长的女儿。因此我们推断,小蓉的揭发是存在的,老祝这次住院,完全是自作自受,按规定他的医药费是不能报销的……"

　　工会主席的话还没讲完,阿花的面孔就发白了,声泪俱下地说:"我该死,我不该欺侮小蓉,我愿意向她道歉。我求求你们了,我父亲的医药费是一定要报的,别看我们都在国外,也不过是穷瘪三而已……"她边说边哭。

　　江厂长在一旁拍拍她的肩,说:"祝女士,其实刚刚工会主席还没把话说完。你的父亲在品质上确有严重问题,但考虑到他已病危,我们来之前,专门研究了一下,厂里决定一次性给他报销三万元。"阿花嫌少,还想讨价还价,所长看不过,对阿花发话道:"事情再明白不过,请你适可而止。"阿花悻悻而退。

　　后来,据说小蓉仍留在苏州,她一边工作,一边晚上进业余大学读书。她决心通过自己的奋斗,一步一步实现美好的理想。

　　　　　　　　　　　　　　　　　　　　　　(夏元寿)

主 宰 命 运

不幸的人总比幸运的人更经得起磨难。

难锁金龙

　　九十年代一个初春,上海有家工厂连年亏损,厂党支部书记兼厂长金龙虽然想方设法,但是收效甚微,这家厂终于被别的工厂兼并。

　　年纪二十八、长得高大魁梧的金龙自觉"无颜面对江东父老",便辞去了上级给他安排的新工作,毅然走向了社会……

　　然而,一个多月过去了,工程师出身的金龙东奔西跑仍然没找到称心的工作,心里不免十分焦躁。

　　这天,金龙在车站候车,汽车久久不来,他便买了份报纸随意浏览起来。当翻到第四版右下角时,眼睛顿时一亮。报上登的是一则招聘广告:日本西斯公司诚意招聘职员……

　　金龙暗想:西斯公司过去是自己厂的竞争对手,虽然不认识他们公司的头头脑脑,但是两家的产品在市场上却天天见面。如今自己输了,他们赢了。他们怎么会赢的呢? 我何不……想到这里,金龙卷起报纸,掉转头,向西斯公司报名处走去。

金龙来到西斯公司,按照要求先填了一张登记表。待了好一会,才被叫到底楼的一间办公室。

金龙走进办公室,见办公桌后面坐着一个身着西装,系着一根红领带的男青年,桌旁靠墙的一排皮沙发上,坐着一位秀发披肩、年轻貌美的姑娘。

"你就是金龙,金先生吗?"那青年男子操一口流利的日语打着官腔问。

"不错,我正是金龙。"金龙也用日语作答。此刻,他的心里有点紧张,因为在填登记表时,他怕引起一些不必要的麻烦,所以只写了自己的学历及技术经历,没提及自己的政治身份和曾担任过的领导职务。

幸喜这青年男子没有从这些方面盘根究底,只是问了他一连串的技术问题,金龙逐一作了回答,只是他的话一多,就明显地暴露出自己的日语口语水平不行。

果然,那青年男子皱了皱眉,合上登记表,用中文对金龙客客气气地说:"金先生,你的技术造诣不错,可惜日语欠火候,希望你回去加把劲,争取下次应聘一举成功!"说罢,挥挥手,示意金龙可以走了。

金龙心里窝火,但也无可奈何,转身正要出门,这时突然听见有人娇声叫他:"金先生留步!"

金龙回头一看,说话的正是刚才坐在沙发上的那个年轻女子。

那女子来到他面前,粉面含笑道:"金先生,我是本公司总经理山田一郎先生的秘书美惠子,全权负责这次招聘工作。看了你的登记表,听了你的技术答辩,尤其见了你这个人,我就看出你可不是寻常之辈啊！金先生你说是吗？"

美惠子微微一笑，笑得颇含深意。

金龙不免有点局促不安，他不清楚美惠子的话中是否暗指自己没填写的那段经历。

见金龙没答话，美惠子爽快地一扬手，说："金先生，我代表西斯公司通知你，你被录用了，明天即可来上班！"

这突然发生的一百八十度大转弯，倒一下子把金龙给愣住了，他正想再问问清楚，旁边那个青年男子走了过来。

这青年叫潘逸文，原来是上海一家工厂的工程师，几年前应聘来到西斯公司，现在担任技术科科长。潘逸文外表潇洒，技术上也有一套，所以很快就博得了美惠子的好感，两人常常一起上舞厅、下酒馆，犹如情侣一般。

刚才潘逸文见美惠子不与自己商量就作出了录用决定，心里不由"噌"地蹿起了一团妒火。此刻他再也忍不住了，走到美惠子跟前，声音不大，分量很重："美惠子小姐，我可是主考官呀。"

美惠子抬起那双水汪汪的大眼睛，笑盈盈地说："我可是奉命全权负责这次招聘的呀。"

"这个……"潘逸文语塞了，他心里又气又恨，决心要找机会把金龙撵出西斯公司。

第二天上午，金龙准时上班了。

美惠子特地把他领到了潘逸文的办公室，临走时还特别对潘逸文道："你可要多多关照，千万不要委屈他啊！"

潘逸文对美惠子点头哈腰，嘴里不敢道个"不"字，可是心里的妒火烧得更旺了，暗自发狠：什么关照不关照？老子偏要给他点厉害瞧瞧！

美惠子走了，潘逸文一边佯装在抽屉里找什么东西，一边寻思着整治金龙的法子。他的小眼珠转了又转，当目光落在墙角一堆图纸上时，顿时有了主意。

这堆图纸是山田让潘逸文校对的，数量多、数据繁杂，可山田只给他一个星期，后来潘逸文再三向山田陈述时间太紧，才获准十天完成。如今你金龙不是深得美惠子的赏识吗？好，我就让你尝尝这颗酸枣。

主意打定，潘逸文满脸堆笑，对金龙说，"金先生，其实不用美惠子小姐叮嘱，你我都是中国人，本该互相关照嘛！瞧，那里有堆图纸，等着急用，你去看看，一个星期能不能将它们校对完毕？"

金龙走过去，翻了翻这堆图纸，又认真思索了一阵，笑道："潘科长，你太照顾我了！其实只要三天就能做好这件事。"

"噢？"潘逸文眼睛直了，随即又乐了，这家伙不知天高地厚，那我就让你栽个大跟斗吧！

潘逸文唯恐金龙反悔，赶紧咬住他的话，严肃地说："金先生，就三天！你千万别开玩笑啊！西斯公司的规矩，不按期完成任务，请自行辞职。明白吗？"

"明白。我现在就干。"金龙的话说得很轻松，说罢，抱起那堆图纸，走出了办公室。

潘逸文见他离去，立即抓起电话，向美惠子报告，他要斩断金龙的后路。"美惠子小姐，请你转告山田先生，金龙这人十分狂妄，那堆图纸，他吹牛说只要三天即可完成，并说三天完不成自行滚蛋。你看你看……"

美惠子却只说了句："噢，我知道了。"便把电话挂断了。

金龙连续三天把自己关在办公室里拼命工作，三天后，他果然把校对好的图纸整整齐齐地分成几大叠，交给了潘逸文。

潘逸文立即一页页地仔细检查，可查了好一会，竟然没有发现一点差错。他不禁倒吸了一口冷气，这时才意识到这个金龙的确不简单。此刻，他真后悔当初不该把这事报告美惠子，如今倒弄巧成拙,反让金龙出了风头。

潘逸文正在懊悔,美惠子走了进来,她一眼瞥见那几大叠图纸,劈头就问:"哟,潘科长,金龙把图纸都校对出来了? 你发现有什么差错没有?"

潘逸文涨红了脸,想说什么却又把话咽了下去。

当天,山田总经理知道了这件事,立即把潘逸文和金龙召到了自己的办公室,开门见山地问:"潘君,这些图纸你说要十天才能完成,可如今金先生三天就干好了,你说说看,你与金先生哪个水平高?"

潘逸文偷眼看了看这位年过半百、目光逼人的瘦高个老头,不敢含混,只得老实答道:"我不如金先生。"

"很好,你很诚实。既然如此,我宣布,从现在起,由金龙担任技术科长,你接受他的领导。"

"啊!"潘逸文一听这个决定,顿时感到天旋地转,好不容易才支撑住,没使自己倒下去,可是他的眼眶里却已涌满了泪水,强忍着告辞走了。

金龙立在一旁却是神态安详,毫无得意忘形之态。

山田朝他打量了一会,不禁微微一笑,走近他身旁,意味深长地说:"金君,我了解你! 希望你在西斯公司好好干,我保证你前途无量!"

这以后,金龙成了金科长,他更加拼命地工作,而且还经常深入到下属单位去了解那里的生产管理情况,向山田提出许多创造性的建议。山田对他大加赞赏,又是给他加工资,又是给他发奖金。

这一切,潘逸文是看在眼里恨在心中。

这些天,他每每约美惠子外出,美惠子总是用各种借口拒绝。这天,他好不容易搞到两张时装表演的票子,匆匆来到美惠子住处,可是他刚走近楼门口,就见一辆"桑塔纳"擦肩而过,他无意中朝车内一瞥,见美惠子正将一根剥了皮的香蕉往金龙嘴里塞。

潘逸文顿时恼羞成怒,把两张票子撕得粉碎。回到家,他越想越气,忍不住叫来几个小兄弟,出钱让他们去教训教训金龙。

星期六的晚上,美惠子和金龙听完音乐会回家,他们走进一条灯光昏暗的小路时,突然从黑暗里蹿出三条人影,他们二话不说,照着金龙就打。

美惠子从来没有经历过这样的场面,吓得索索发抖,一时竟忘了叫喊。

金龙把美惠子朝身后一拉,挺身迎了上去。以前金龙在部队学过擒拿格斗,对付几个小毛贼,他还是有把握取胜的。此刻,只听金龙大喝一声,挥拳踢脚,显露出扎实的武术功底,一会儿工夫,便将这几个家伙打得趴下了。

美惠子在一旁不禁看呆了。到这个时候,才想起喊人。刚要张口,就见一辆"桑塔纳"开了过来,在他们的面前停住。车门打开,潘逸文跳了出来。

"哎呀!美惠子,金先生,你们受惊了!快上车!这里流氓多,惹不起、躲得起。"

金龙想盘问一下那些人,可美惠子也怕多事,硬把金龙拽上了车,车子随即就开走了。

这以后,美惠子对金龙更亲近了,有事没事总往金龙那里跑,平时说话还常常把金龙挂在嘴边,显出她与金龙的关系非同一般。

潘逸文没想到偷鸡不成反而让金龙在美惠子跟前露了脸,他好不后悔,同时又觉得金龙这个人确实不同一般,不禁对他的来历产生了怀疑。

这些天,潘逸文七拐八弯地打听,还当真摸清了金龙的"底牌"。不仅如此,他还了解到金龙"身在曹营心在汉",时时想回

厂重干一番事业的许多细节。潘逸文觅到了足以使金龙滚蛋的
"重磅炸弹"，好不兴奋！当夜便奔到山田下榻的宾馆，向他报告
了这一切。

　　山田穿着和服，抽着烟，静静地听他说完，没说一句话，便挥
挥手，示意他可以走了。

　　潘逸文尽管心中纳闷，却也无可奈何，只得灰溜溜起身告
辞。

　　待潘逸文一走，山田马上把美惠子召到自己的房间，见面就
问："美惠子，你明白我让金龙当科长，又让你亲近他的苦心吗？"

　　美惠子不敢怠慢，赶紧恭恭敬敬地答道："属下明白。金龙
确是条龙，他过去在厂里有过许多极为高明的举措，只是由于
'蛀虫'与'懒虫'作祟，才功亏一篑。如今我们要留住他，让他为
西斯公司服务。"

　　"既然你很明白，为什么还不加把劲，锁住他的心？记住，一
定要让他死心塌地跟着你，必要时你应该献出自己的一切！"山
田做了一个十分坚决的动作。

　　美惠子顿时脸红了，应道："属下明白。"

　　不说山田、美惠子如何策划锁住金龙，且说潘逸文还不死
心，千方百计地想法子，要将金龙撵走。

　　说来也巧，这天金龙外出，下属厂一个女办事员拿着一份图
纸走进了技术科办公室。

　　"潘先生，您看，这份图纸上有个重要数据同我们早先的数
据不符。这里会不会有误？"女办事员说着，便将图纸递给潘逸
文，并用手指指出那个错处。

　　潘逸文拿出底本一对照，两个数据果然不同。

　　这底本是他绘制的，再看那图纸，右下角校对员的署名写着
"金龙"二字。潘逸文小眼珠一转，乐得差点蹦了起来，他打发走
女办事员，立即拿着这份图纸，走进了总经理办公室。他要亲眼

看到这个日本老头是如何处置金龙的。

山田和美惠子正在说话,听潘逸文这一报告,又查看了图纸,不禁面面相觑,脸顿时沉了下来,立即派人把金龙找了回来。

不一会,金龙来了,他拿起那份图纸看了看,很爽快地承认这数据是他写的。

山田见他那一脸满不在乎的样子,火"噌"地就蹿了上来,厉声说道:"金龙,我当你是龙,待你不薄,可是你怎么如此粗心大意?要知道,一旦按图纸投产,将会造成多么大的损失啊?"

"是啊。咱们是西斯公司的人,应该多为西斯公司着想啊!"潘逸文见山田发火,不但心中高兴,还尽在火上加油。

美惠子狠狠地瞪了潘逸文一眼,转脸再看金龙,只见他神态安详,还在微笑。

"什么?你还笑?"山田更愤怒了,眼中差点喷出火来。

金龙开口道:"山田先生,您是日本一流的专家,为什么不先计算一下底本上的数据和我写的数据,哪一个准确呢?"

"嗯?"一句话提醒了山田,他立即在电脑上"嗒嗒嗒"地计算起来。

潘逸文也紧张地凑上去观看屏幕上的计算结果,看着看着,那脸"刷"地变了颜色,原来错的是他。

金龙长长地叹了口气,恨铁不成钢地说:"潘先生,当初我看出了你的失误,因为咱们都是同胞兄弟,我才不忍心声张出来,怕你因此丢了饭碗,谁想到你竟会干这种背后捅一刀的事啊!"

潘逸文明白西斯公司的规矩,所以什么话也没有说,垂头丧气地走了。

山田此刻真像觅到一块真金,竟激动得像个孩子似的,抱住金龙的双肩。

美惠子也十分高兴,扯了一下金龙的衣角,悄声说:"山田先生刚才对我讲了,打算让我陪你一同去日本深造,顺便我们也好……"

"噢?"金龙愣住了。

他低下了头,思索良久,才扬起脸,注视着美惠子那对含情脉脉的眼睛,深情地说:"有一件事我不能再瞒你们了。我本来是一家工厂的党支部书记兼厂长,来西斯公司的本意是学习你们先进的管理经验。前不久,老厂炉灶又垒起来,准备重整旗鼓,我必须回去!"

"啊?金君,你、你又何必呢?我可以给你最高的报酬,最好的待遇,最、最……反正你要什么我都可以答应。"山田急得有些语无伦次了。

金龙摇摇头,说:"我没别的选择,因为我们全厂的工人兄弟在等着我,我不能丢下他们!"说罢,金龙朝山田与美惠子礼貌地鞠了一个躬,默默地转身走了……

美惠子想出门追他,被山田一把拽住了。

山田望着金龙远去的背影,长叹了一声:"没用的,这是一条锁不住的金龙!"

(肖　白)

真情相待

　　打工妹莫莉秋是个年轻漂亮的姑娘,她在一家名叫清远的酒家当服务员。哪知酒家老板"酒糟鼻"早就在打她的主意,他先故意三个月不给她工资,接着以谈心为由,把她骗到一个小房间里强行非礼。就在她将要被酒糟鼻糟蹋时,突然门被撞开,冲进来一位身高马大、一脸英气的青年,他狠狠揍了酒糟鼻一顿,逼他当场把拖欠的三个月工资交给莫莉秋,然后扬长而去。

　　这么一来,莫莉秋自然不能在清远酒家干活了,为了生计,她离开酒家朝劳务市场走去,边走边想着那位救她的年轻人,懊悔自己连人家的姓名也没问。

　　莫莉秋到了劳务市场,见到这儿来找工作的人真不少,男男女女都有,等着有人雇佣,莫莉秋挤在他们中间,也盼等雇主。

突然，她看见一个熟悉的身影，不由一惊，径直走到那人跟前问：
"大哥，你雇人吗？"那人正是昨天救她的那个年轻人，他微微一
笑："我雇人？我和你一样，等人雇呀！""你……"莫莉秋给搞糊
涂了，她弄不明白眼前的恩人是怎么回事。

年轻人把莫莉秋拉到一个清静处，对她说："我叫方进禹，是
个停薪留职的小干部，买卖没做成，只好先当个壮工，混口饭吃
呀！"莫莉秋说："你要缺钱花，我这儿有昨天你帮我要来的工钱，
先拿点儿花去。"方进禹摇摇头："不，我现在身上也有钱，可不能
光闲着，所以就……"

他话音未落，人群乱了起来。原来这个劳务市场已经被取
缔了，可大伙认准了这个地方，还往这儿聚，公安局三天两头来
轰，今天又赶上了。

莫莉秋给公安人员看身份证，扭头一看，却不见了方进禹，
四下找也不见踪影。她心里觉得奇怪：他敢打酒糟鼻，却为啥见
了警察就走呀？这时快到中午了，她走出人群，来到一个小饭
馆，找个地方刚坐下，只听对面坐着的那个人说："你也来了？"她
一看，嘿，是方进禹。她问："你刚才咋跑了？"方进禹眯着眼，晃
着脑袋说："我饿了，想吃点东西。"这时，一个服务员端上两碗面
来。

两人一边吃面一边聊天，毫无拘束。方进禹喝完最后一口
汤，把碗一推，说："这个地方，我看没什么呆头了，想到怀宁去碰
碰运气，你去吗？"莫莉秋说："好，我跟你一块儿去，反正我是个
外来妹，到哪儿也一样干活。"于是，两人就一同来到长途汽车
站，乘上汽车，直奔怀宁而去。

从这儿到怀宁只有一百多里地。汽车驶到半路上，忽然从
路边蹿出几个蒙面大汉，一个个手持匕首，大声叫道："停车，停
车！"司机不敢开了，老老实实地把车停了下来。一个歹徒用匕
首逼着司机下了车，然后几个歹徒打开车门，对车上的人说："都

是在外边混饭吃的,麻利点儿,下车!"车上的人谁也不敢反抗,一个接着一个乖乖地下了车。莫莉秋吓得直哆嗦,方进禹碰了她一下,说:"你呆着,别动,没事。"说着他站起身来,慢吞吞地往下走。

一个堵着车门的歹徒朝他吆喝着:"快点儿!""好咧。"方进禹答应着,猛地往前一跃,一下子到了那歹徒跟前,伸手攥住了他的腕子,使劲一拧。那歹徒手里的匕首尖就对着自己的嗓子了。歹徒吓得喊了一声:"妈……"在场的人全愣了,没想到形势发生这么急剧的变化。

方进禹命令那个歹徒说:"让他们放下凶器,退到一边去!"那歹徒是头儿,朝手下的人喊道:"都他妈的聋啦,没听见这位爷们儿的吩咐吗?"歹徒们一个个扔掉匕首,退到了路边上。方进禹招呼大伙儿一声:"上车!"众人这才松了一口气,不住地朝方进禹说着恭维话,陆陆续续上了车。莫莉秋坐在车上好不得意,心说:这位方大哥还真有两下子。

这时,有个乘客无意往后一看,叫道:"好,公安局的警车来了,够这帮小子们喝一壶的了!"听他这一喊,方进禹扭头一看,眉毛一拧,迈步上了车。这时司机已坐上了驾驶台,一关门,就发动车。那几个歹徒吓得快尿裤子了,汽车一开,警车一到,他们还有好果子吃吗?就在这时,方进禹对司机说:"师傅,开下门。"这会儿方进禹是核心人物,他的话谁都听,司机二话没说,把门开了,方进禹对着那几个歹徒大喊一声:"不想进公安局的,快上车!"

那几个歹徒一听这话,差点儿喊出亲爷爷来,一个个连爬带滚上了车,找地方坐下,把蒙在脸上的黑布一抓,装起好人来。方进禹朝司机说声:"师傅,开车吧!"司机答应一声,把车开走了。

一会儿工夫,警车追了上来,看看车上什么事也没有,一个公安人员问:"刚才出什么事啦?"方进禹用脚踹了前边那个歹徒一脚,那小子反应挺快:"同志,辛苦了,刚才哥儿个下车撒了泡尿,没事!"车上的人笑了起来,警车一掉头开走了。车又往前开了一段,方进禹叫停了下来,打发那几个歹徒下车,并警告他们:"以后再干坏事,小心让我碰上。"那几个家伙点头哈腰地答应着,看着车开走了,还不住地挥手。

莫莉秋小声问方进禹:"你为什么不让警察把他们抓走?"方进禹叹了口气说:"抓进去顶多臭揍一顿,我这是攻心为上,说不定从以后他们会改邪归正呢!"

莫莉秋小嘴一撇:"哪有那么好的事?"方进禹闭上眼睛说:"对不起,我困了,要睡一会儿。"莫莉秋瞥了他一眼,心里说:他好像特别不乐意和公安局打交道,怪……

车到了怀宁,方进禹马上睁开眼睛站了起来,他和莫莉秋下了车,走出车站,四下一看,好像在找人。莫莉秋问:"找谁呢?"方进禹说:"天不早了,得找个住的地方。"车站前有好多旅馆在接客人,方进禹全摆摆手。后来一个老太太蔫儿巴几地过来问他:"先生,住店吗?"

方进禹上下打量她一番,说:"个体的?""嗯。"方进禹压低嗓门说:"大娘,我的身份证丢了,我妹子她有,行不?"老太太白了他一眼,说:"小伙子,住在我那儿没问题,谁也不会来找麻烦。"

方进禹和莫莉秋跟着老太太七拐八拐,钻进了一条小胡同,来到一个小门楼前。方进禹进院一看,院子不大,倒也十分幽静。老太太把他们领进北屋,说:"你们就在这儿休息吧。"说完,带上门走了。

老太太一走,屋里就剩下方进禹和莫莉秋时,莫莉秋不由得浑身一激灵。原来这屋里只有一张双人床,方进禹把她带到这儿,这不明摆着要和她同床共枕吗?当初酒糟鼻就是变着法儿要占有她,是方进禹救了她,帮助她来到这儿,原来他也在打自己的主意呀！男人怎么全这样坏呀！想到这儿，莫莉秋扭过头来，像不认识似的打量着方进禹。

方进禹正站在窗前看着院子里种的几棵凤仙花，没有理会。莫莉秋再留神看，总觉得方进禹不像酒糟鼻那样满脸坏相，再想想这两天他的所作所为，虽说有些怪，可绝对是个好人呀！他为什么要住这小胡同里的私人旅店，为什么要和我住一间屋，莫非他爱上我了？想到这儿，莫莉秋脸红了起来，脸上露出惊喜的神情。偏偏这会儿方进禹扭过头来，一看莫莉秋脸红扑扑的，就问："你怎么啦？感冒啦？我出去买药去！""不用，"莫莉秋极力使自己平静下来，说，"刚才走得急了，一会儿就好。"

两人吃了晚饭，梳洗完毕，方进禹说："今天坐了半天的汽车，累了，早点儿歇着吧。"莫莉秋没吭声，心想：看你怎么跟我说。只见方进禹从床上拿了一个枕头和一条被子，往沙发上一扔，说："今天我在这儿，床归你，就当是在火车上吧！"莫莉秋答应一声，心里却在想：他莫不是先装好人哩，一会儿再找个茬上床来找我。

方进禹熄了灯，往沙发上一躺，就一动不动了。莫莉秋躺在床上，睁着大眼，听着动静。工夫不大，方进禹扯起了呼噜，莫莉秋听了不由得暗笑：准是骗人的鬼把戏。她趁方进禹没过来，仔细地想了想这件事，怎么想也觉得方进禹是个好人，虽说今天这样做有点儿鲁莽，可跟了他值得，能找这么个人，该知足了。想着想着，忽然觉得眼皮发沉，上下一合竟睡着了。

第二天，莫莉秋一觉醒来，天已大亮。她下意识地看看身边，空着大半个床。再看沙发上堆着毯子和枕头，方进禹不见了。她托着腮心里琢磨：莫非昨夜里他累了，真的睡着了？这时方进禹进来了，手里托着一个盘子，里边有两碗豆浆和油条，见莫莉秋醒了，便说："快点儿起来洗脸，吃点儿东西，咱们出去找工作。"

　　两个人在城里转了一天,也没找着工作。到了晚上,方进禹仍在沙发上睡,没有向莫莉秋发动进攻。一连几天都是这样,莫莉秋才知道是自己多心了,方进禹是一个彻头彻尾的好人。她甚至有点儿伤心,手捂着心口问自己:难道我这么不招人喜欢?这一夜她没睡好,一直想着自己的心事。

　　天亮了,又是方进禹先醒,端来早点。莫莉秋一点儿胃口也没有,她说:"你先吃吧,我浑身不得劲儿。"方进禹说:"那你今天休息一下,我一个人出去。"莫莉秋有点儿失望,又问:"我们就一直这样下去吗?"方进禹在屋里走了一个来回,然后说:"等我帮你找到一个合适的工作,我就远走高飞了,我帮人要帮到底呀!"说完他转身走了。莫莉秋刚才一直忍着,等方进禹一走,再也忍不住了,趴在床上大哭了一场。

　　这天晚上,方进禹回来得很晚,抱着一大包食品、饮料推门进来,说:"对不起,回来晚了,我今天干了一天临时工,我们可以好好地享受……"莫莉秋正坐在沙发上看什么,见方进禹进来,猛地把东西藏在身后。方进禹问:"看什么呢,这么紧张?"莫莉秋笑了笑,说:"没,没……什么。""不,我看见了,你别藏,给我。"方进禹说着放下东西,伸出手来。"真的什么也没有……"莫莉秋声音有些颤抖,嘴唇发白。

　　方进禹对莫莉秋一直很客气,这回可不然了,伸手过去,一下子就抢过来了。那是一个纸团,摊开一看,他一下子就像泄了气的皮球一样,倒在沙发上一动不动。那原来是一张通缉令,上面有他的照片,写得明明白白,说他是畏罪潜逃的杀人犯。

　　两人好长时间没有开口,屋里静极了,一切好像凝固了一样。好一阵,方进禹才站起来,慢慢走到莫莉秋面前,低声说:"我是什么人,你明白了吧,快到公安局去报告吧!"莫莉秋哼了一声:"我要报告还等这会儿,早就让公安局的人在屋里等你了。""那你打算怎么着?""我想知道真实的情况。""好吧……我全告诉你。"

　　原来，方进禹是个普通工人，他有个妹妹，叫方进秋，没想到嫁了一个赌鬼二流子，输了钱就拿妹妹出气。一天，方进禹奉母亲之命去看妹妹，他来到妹妹家，见妹妹面黄肌瘦，脖子上血痕累累，心疼地问："又受欺负了？"妹妹一见哥哥，"哇"地一声哭了起来，边哭边脱下身上的褂子，只见身上青一块、紫一块，还有被咬的牙印。

　　方进禹心疼地把妹妹搂在怀里，大骂妹夫不是东西。就在这时，妹夫进来了，皮笑肉不笑地说："哟，哥俩真亲热呀？"方进禹忍着怒火对他说："两口子要好好过日子，你千万不能由着性子来。"这本是句劝话，哪知那小子听不进去，牙一龇，眼一瞪："我怎么由着性子来了？怎么不好好过日子了？你今儿得给我说明白。"方进禹叹了口气，说："你没娶我妹妹时，你那名声我已领教过了，当时我是一百个不乐意，可这是你俩的事，我就没多说。满心指望你成了家，把毛病改一改，没想到你是这么个人，唉，叫我说什么好呀！"

　　那妹夫本已输急了眼，现在被方进禹一数落，顿时反唇相讥："我不过是赌赌而已，可你比我还见不得人呢！""你说什么？"妹夫"嘿嘿"一笑："还用我说吗，我进来时你们俩在干什么，我晚来一会儿，你也脱光了，说不定……"妹妹听了气得直哆嗦，方进禹握着拳头朝妹夫搂了过去。

　　妹夫冷笑一声："怎么着，还想动手？好，我成全你。"说着扔过一根木棒，自己往地上一躺。方进禹拿起那根木棒，看到上面沾有斑斑血迹，眼前顿时出现了妹夫痛打妹妹的情景，怒火不由直往上蹿，又加上妹夫躺在地上说："打呀！没胆子了？那我可走了。你呀，往后可得学着点儿，有本事上外边多找几个娘们玩玩，别跟自己的亲妹子搞不清……"听了妹夫这种侮辱的言语，方进禹顿时怒火万丈，抄起木棒朝他打去。哪知一棒打下去，妹夫就没了声音。妹妹吓得晕了过去，方进禹也愣住了，好半天一动也不动。

方进禹不肯连累妹妹，就去居委会自首，说自己为妹妹做主，打死了妹夫。居委会值班老头一听，吓得没回过神。方进禹知道，如果自己上公安局自首就出不来了，忙转身又来到妹妹家，和妹妹告别。妹妹流着眼泪，塞给他一些钱，方进禹含着泪，一跺脚就远走高飞，到处流浪。

莫莉秋听了问道："你为什么对我这么好？"方进禹说："从见你第一面起，我就觉着你像我的妹妹，不光名字里都有一个'秋'字，特别是你的眼神……所以当我见你去老板房里，我就……果然证实了我的猜测。"

两人沉默了一阵，莫莉秋关切地问："往后你打算怎么办？"方进禹低着头说："本来想帮你找好工作再分手，现在看来……"莫莉秋急着道："那你就不管我了？我要再让人欺负怎么办？"方进禹苦笑了一声："我管不了那么多了。"莫莉秋坐到他身边，说："和昨天相比，你怎么像换了个人呢？"方进禹抬起头来，眼里闪着泪花："因为我的真实面目暴露了，我是一个坏人……"

"不，"莫莉秋打断他的话，"你不但是个好人，还是个大好人，你太重感情了，太爱你的妹妹了，对我……只不过你太鲁莽了，依我看你应该……""应该怎么样？"莫莉秋很认真地说："你应该去自首，不能总这样偷偷摸摸地过日子。我想你能得到宽大处理，顶多判个十年、二十年的。我等你！""你说什么？"方进禹一下站了起来，握住了莫莉秋的手。莫莉秋很恳切地说："我等你，我需要你这样的人帮助和保护，哪怕你在大狱里，只要我想到你，我就有了生活的勇气。"

方进禹被感动了，大滴大滴的眼泪滚出了眼窝。莫莉秋接着说："每一个允许探视的日子，我都会去看你，我还会去看你的妈妈和妹妹，我一个心眼儿地等你。我会找一间小屋，准备好过日子用的一切东西,你出狱那天,咱们就结婚!我现在只问你一句,你要我吗?"

方进禹是个刀搁在脖子上都不眨眼的硬汉子,此刻竟激动得痛哭起来。他把莫莉秋搂在怀里问:"我值得你这样做吗?"莫莉秋一板一眼地说:"一千个值得,一万个值得!"方进禹再也说不出话来,只是使劲地搂着莫莉秋……

第二天,方进禹和莫莉秋起得特别早,他们肩并肩,沿着洒满阳光的大道朝前走去……

(崔 陟)

谁是凶手

　　清凉村藏在东山中的一个旮旯里,村里的几十户人家就靠种一二百亩薄瘦地过活。几十年来,村子在这一带穷出了名,可偏偏穷山穷水育出了一只金凤凰。谁? 张家闺女张小兰。小兰今年十八岁,瓜子脸,红唇,白皮,长得可水灵了,走在村里,总惹得后生们的眼光跟着转。不过,小兰的心思可没往他们身上去,小兰心气高着呢。

　　小兰自小就爱读书,可因为家里穷,好歹读到初中毕业,家里就再也供不起她上学了。长年呆在山旮旯里,小兰又不乐意,于是小兰爸便求爷爷告奶奶的,好不容易在离村三十里的小镇上,给小兰寻了份工作,也不是什么大不了的事情,就是在餐馆端盘子。

　　餐馆在小镇东头,因为离公路远,市口不好,所以生意一直比较清淡。可自从小兰进店以后,情况就大不一样了,人们听说从山里飞来一只金凤凰,有事没事就爱往店里跑。原先冷冷清清的店堂竟一天比一天热闹起来,来来往往光顾小店的顾客日益增多。老板深知小店变化的缘由,乐得成天眉开眼笑,不到半年就给小兰加了两次工资,后来又把店面从一间扩为两间,生意越做越红火。

　　单纯的小兰哪里知晓其中的奥妙,她一心想飞出山窝窝,所以特别珍惜这份工作,干活又勤快,待顾客又热情。看到店里生意红火起来,她和老板一样高兴,老板给她加工资,她对老板感激涕零。可渐渐地,她觉得不对头了,顾客中有些人不是好东西,那眼光怪吓人的,老是在她的胸前扫来扫去,甚至还有人乘她端盘子的时候在她脸上摸一下、腿上捏一把的。小兰受不了这样的污辱,又不好意思回家跟爸妈直说,加上家里也实在需要钱,只好硬硬头皮干下去。

　　再说那餐馆老板,揣着日益膨胀的腰包,心思就往邪路上去了。他不知从哪里找来两个打工妹子,水葱似的白嫩,住在店里,白天抹着粉四处转悠,晚上就有男人来光顾,都是些心术不正的,把个小店搞得昏天黑地,赚来的钱老板就和她们三七分成。

　　店里乱得实在不像话。终于,小镇派出所的干警管上门来了,抓走了打工妹,拘留了老板,暂时把小店也封了,小兰只好回了家。消息传到村里,有人暗里说小兰也和打工妹子合伙干那种事,说得有鼻子有眼。小兰吓得不敢出门,就连小兰爸妈走在村里,背后也总有人指指点点,说得他们老脸都不知道往哪儿搁。事情到了非弄清楚不可的地步了。

　　这天吃晚饭的时候,小兰爸对小兰说:"闺女,爸是爱脸面的人,经不住别人指指点点。再说,你也不小了,迟早总归是人家的人,前些日子王媒婆还跟我说起过李支村的二公子,那伢开车,人又诚实,当时你不在家,所以这事我也没敢自作主张答应下来。你还有几十年的日子要过,眼下这事儿不搞清楚,背口黑锅,以后一辈子难抬头。"

"是啊,"小兰妈在一边接口道,"这事一定得弄清楚,咱不能黑不黑、白不白地过日子。"

"妈,"小兰哽咽着说,"怎么个弄清法?其实我心里比你们还急哩。"

小兰爸说:"我已经跟你四姨说了,明天我送你上医院去检查。我家小兰是什么,我们做爸妈的最清楚,让医生给个证据,我们在人前也抬得起头来。再说你四姨是大队妇联主任,她说话能算数。今儿个吃了饭你早点休息,明天赶早四姨和我们一起去。"

这天晚上,小兰早早就躺到了床上,可翻来覆去就是睡不着,想想自己并没得罪谁呀,干吗别人要往自己身上泼脏水?小兰很苦恼,怎么也没想明白,天快亮时才沉沉睡去。

第二天,太阳刚刚在东山露脸,四姨就来了,三个人满怀着希望,兴冲冲上了路,小兰妈一直把他们送到村口。时令已是春末夏初,花儿红火过后都在飘零,温暖可人的轻风吹拂着,给人们送来阵阵惬意。可三个赶路人却无心顾及这些,从清凉村到小镇有一百多里山路,因为走得急,三个人都有点气喘吁吁。

"她四姨,"小兰爸看着眼前蜿蜒曲折的羊肠小道,说,"真不好意思,让你跟着受累了。"

"快别说这些了。"四姨一边急急地甩着步子,一边说,"咱苦点累点算个啥,小兰这事儿就指望医生了。咱们还是快快赶路吧!"

"那是!那是!"小兰爸不住地点头。

小兰顾自低着头,一声不吭。

三个人便继续朝前走。

问题就出在那条河上。

从清凉村到小镇,这是一条必经之河,因为穷,河上一直架不起桥来。说起来,其实要过河也不难,平时干涸时节,踩着突出在河面上的石头就能过。可眼下是春末夏初时节,河床里涨满了水,河水几乎贴着石面,急急地流过,圆圆的漩涡在河心欢快地打着转,"哗哗"地响。

"哎哟!"小兰望着河水不由惊叫一声,退了几步。

"这怎么走?这么大的水。"四姨望着湍急的河水直摇头。

"爸,回去吧,"小兰一对忧郁的眼睛望着父亲,"等水小了,咱再来。"

"不行,"小兰爸摸着下巴,坚决地摇了摇头,"回去?那不又闹下一场笑话,村里多少人在看着咱,咱们现在是叫人牵着鼻子走哇。"

"哪个牵你?"四姨不解地问。

"谁都牵了,谁又都没牵,说不准是我自己牵我自己哩。"小兰爸说完这番话,不由轻轻抚着小兰的肩,看着她日益消瘦的脸庞,心里涌起阵阵酸楚。"闺女,咱今天是非去医院不可,医生一说话,咱不就什么事儿都没有了?你要害怕,拉着爸的手,爸给你打头。"

说着,小兰爸三下两下卷起裤腿,拉着小兰的手,小兰又搀着四姨,三个人踏着河面隐约露出的石头,向河对岸走去。"哗哗哗"河水击打着石面,从他们脚边急急地流过,小兰的两条腿如筛子般抖动,有好几次差点儿掉进河里。

"四姨,我心里好慌。"小兰眼巴巴地望着四姨说。

"小兰,别说话。"四姨尽管也是一脸惊恐,但她还是拼命装作不在乎的样子,说,"别尽想着害怕,你就跟着你爸走,只要过了河,咱就什么都有办法了。"

　　河心，有块长满苔藓的大石头，圆圆的，绿绿的，被水一浸，如同抹了润滑油，小兰爸来不及回头提醒，小兰一脚就踏了上去，于是脚下一滑，身子立刻掉进河里。本来已经歪歪斜斜站立不稳的四姨，被小兰顺手一拉，也一起滑了下去。小兰爸一看两个人都滑下了水，大惊失色，拼命想把他们拉上来，结果三下两下自己反而被带进了河里。

　　三个人其实都是旱鸭子，栽进河里就犹如三块铁疙瘩直往下沉，六只手在水面上手舞足蹈了一阵，就不见了踪影。之后，水面上又泛出一阵气泡，接着，便什么动静也没有了。

　　寂静的旷野空无一人，只有清风一如既往地吹，河水还是像先前一样急急地流。两天后，村里人终于在河下游的沙滩上，找到了三个人的尸体，身子鼓鼓的，很整齐地排列着。

　　河边照例响起一片哭声。小兰妈疯了似的扑向女儿和丈夫，没有泪水，只有撕心裂肺的痛吼："你们死得不值，不值啊！"她呆愣愣转过头，望着"叽叽喳喳"叹息着的人们，说："小兰，我可怜的闺女呀，做人你是个胆小的，到那边去，你可要做个大胆鬼。你等着，妈要来和你做伴，和你爸做伴，和你四姨做伴！"

　　巍巍东山目睹着这一切，哑然无语。

　　据说，过不多久，村里又热闹起来，人们茶余饭后的话题，是关于李家七妹子——又一个进城打工去的村里妹子……

（周宏林）

自 强 不 息

活着而没有目标是可怕的。

书与遗产

　　宋小波初中毕业后,因家境困难而中断了学业。后来,他进城谋生,先是捡破烂,接着又收购破烂。

　　这天,宋小波来到一个居民小区,正吆喝着收破烂时,迎面来了个骑摩托车的小伙子,一看那模样就知道是个"款哥"。

　　款哥停下摩托车,问道:"喂,收破烂的,我家有些书,你要不要?"宋小波正愁夜晚没书看,忙说:"要要要,书在哪?""你跟我来。"

　　宋小波跟随款哥上了楼,进门一看,只见一个房间内,有好几个大书橱,里面装的全是书,不觉失声叫道:"哇!这么多书,简直是个图书室么?"款哥说:"老爷子是个耍笔杆子的,一辈子就挣了这么些书,算是一笔遗产留给了我。可是我没空也没兴趣去读它,既不能当吃,又不能当喝,放着也占地方,所以,我想处理掉,腾出这间屋子做健身房。"宋小波说:"书可是个好东西,可惜当废纸头卖就不值几个钱了。"

款哥倒也爽气:"不管值不值钱,你给一千块钱,连橱里带箱里的书,你都拉走!"宋小波苦笑了一下,说:"一千块是不贵,可不瞒您说,我实在拿不出这么多钱,能不能再少点。""你说给多少?""五百行么?我只有这点。""好吧,五百就五百,我也不在乎那点钱。你小子算是运气,要是老爷子活着,你出五万他也不肯卖!"

就这样,宋小波花了五百元钱,买了几大书橱外加几大箱子的书。他知道,把这些书拉到废品收购站去卖掉,可以赚很多钱。但他舍不得卖,全部拉到他那临时租来栖身的小屋里,把小小的陋室塞得满满的。从此,他一有空就抽一本出来细细地阅读,常常读到深夜。他发现,每本书的扉页上都写着购书的时间和地点,还印有购书人的印鉴。由此知道,书的主人名叫"及文宗"。

及文宗是位作家。宋小波通过整理,理出了作家厚厚的12部著作。他如获至宝,便按出版年月的先后顺序,一本本地读了起来。他读着读着,发现一个奇怪的现象:在有的字或标点符号下面,及文宗用红笔标明阿拉伯数字,隔几页出现一个,从"1"开始,按顺序排列,一直到"36"为止。更奇怪的是,他那12部著作,每一本书里都有这样的情况。这究竟是什么意思呢?宋小波百思不得其解。

后来,他发现每本书上"1"都标在"谁"字下面,"2"都标在"读"字下面。于是,他将标有数码的字和标点,按顺序抄下,连起来一读,原来是这样一段话:

谁读完我写的书,可从精装本的书脊里取出两件重要的东西,也许对你会有用处。

宋小波读完这段文字,连忙拿出那本厚厚的精装本,细细一找,果然从书脊里找出两件东西:一张是四万元的银行存单,另一张是及文宗留下的遗嘱。遗嘱上是这样写的:

> 我一生清贫,唯与书结下不解之缘,购得了大量好书,也写下了拙作十二本,聊以自慰。遗憾的是,儿子不愿读书,我的书早晚将被当作废纸处理掉,实在痛心!如果这些书能有幸遇上知音,并受到礼遇,我愿将此存款全部捐赠给这位知音,他人不得干预。恐日后无凭,特立此遗嘱为证。并希望朋友们都能喜书爱书,多读点书,做一个对社会有用的人。
>
> 及文宗

宋小波捧着这份存单和遗嘱,只觉得沉甸甸的,心里是又惊又喜,百感交集。他知道,这四万块钱对自己将会带来怎样的转机,可这钱是人家一生的积蓄,自己跟他非亲非故,怎能随便接受?可转给他儿子吧,又违背了老人生前的意愿。这真难煞了宋小波,思前想后,几乎一夜没睡好。

也许因为这件事很有点传奇性,所以很快传扬出去,一传十,十传百,不到三天便传到了及文宗儿子的耳朵里。这位款哥虽然有钱,但听说父亲的四万块钱落到了别人手里,真是从心里痛到了肺里,急忙找到宋小波,想要回他父亲的这笔遗产。宋小波说,是有这么一笔钱,但已不在自己手里,两天前便交到"希望工程"办公室去了。款哥一听,大发雷霆:"你小子有什么权利处理我父亲的遗产?去,你这就去给我要回来!"宋小波没办法,只得陪款哥来到"希望工程"办公室。

办公室的同志听了他们的叙述之后，便取出及文宗老先生的遗嘱复印件，让款哥好好读一读，并说："经有关部门鉴定，这遗嘱确实是你父亲亲笔所写。按照遗嘱，这笔遗产应该归宋小波所有，但他深明大义，以你父亲的名义，将这笔钱捐给了'希望工程'，为的是让更多人能上学读书。"款哥听完无言以对，只得怏怏而归。

几天以后，报纸上大块文章出来了，一时成了广为传播的佳话。时隔不久，宋小波接到"希望工程"办公室的通知，认为他品学兼优，决定保送并资助他进县重点高中就读，实现了他梦寐以求的愿望。

唯有那个款哥，为此懊丧了许多天。

（周宝忠）

自作主张

　　小喜儿到谢近仙和周如英家当保姆的当天，谢近仙就领她去了趟医院，——指点给她看：这儿是挂号处，这儿是药房，那边是小儿科，那里是急诊室，那儿是注射室……直到小喜儿全都记熟了，这才领她回家。

　　谢近仙和妻子周如英都是工人，身体也都结实，却生了个脖颈软塌塌的儿子。医生说是先天不足，缺钙，于是夫妻俩又是买钙奶又是煨骨头汤，把儿子照料得比小皇帝还细心。谁知儿子却不争气，三天两头发烧，忙得夫妻俩老往医院跑。托儿所的阿姨也不肯接受了，说："这孩子体质这么差，出了事我们可担不起责任，你们还是领回去吧！"

　　没办法，只好把儿子领回家。小两口从保姆市场请了个安徽小姑娘,名叫喜儿。喜儿当保姆很尽心,成天不停地根据天气变化给他们的儿子加衣服、脱衣服,灌药水、喂营养。他们的儿子叫"晶晶",头一个月,小晶晶顺顺当当,啥病也没生,称了称体重,竟增加了两三斤。夫妻俩好不高兴,厂里、邻里到处夸:"我家雇的那小保姆,老实、勤快,算我们小晶晶有福气!"

这一天,夫妻俩都上中班,晚上十一点才下班。两口子差不多同时进的家门,一下子全都愣住了:家里翻得一塌糊涂,抽屉全开着,一条被子还搭在地上,喜儿和小晶晶却不见了。再一检查,周如英中午脱在家里的那件春秋装也没了,里面的衣袋里,装着她这个月的四百多块工资。

周如英慌了神:"喜儿她、她会不会……把晶晶抱走了?"

谢近仙看屋里乱成这样,心也收紧了:"难说!"

"天哪!"周如英号啕大哭起来,"我的晶晶让喜儿拐走了呀!天哪,我不想活了呀——"

撕心裂肺的哭喊声惊醒了几幢楼的住户,邻居们全都围了过来,七嘴八舌,说什么的都有——

"不至于吧?喜儿那姑娘,看样子挺老实的!"

"不好说。上个月,建国街就出过这样的事!那个拐卖孩子的小保姆,才十七岁!"

"那还不赶快报告派出所?"

"对,再派人去码头、车站,说不定能堵上!"

谢近仙连连向邻居们打招呼:"对不起,拜托了,请大家帮帮忙,分头给我们去找找。谢谢你们了!"

于是,众邻居有的去火车站,有的去轮船码头,有的去派出所。谢近仙租了辆出租车,沿着大小街道满城里寻找。周如英则守候在家里的电话机旁,凡能想起的关系全都联系了,只求能得到一点线索。

一直折腾到第二天凌晨四点,邻居们一拨一拨地全都回来了，一个个都摇头；谢近仙也回来了，一副丧魂落魄的样子。

"完了，我不想活了！我的晶晶回不来了！"周如英哭成了泪人，猛地朝丈夫扑过去，又抓又挠又打，"都是你，都是你图省事，直接从市场上找保姆！你赔我儿子，你赔我的儿子……"

"别急，你别急嘛，"谢近仙强作镇定说，"我有她家的地址……"

"那个安徽的地址？你知道是真还是假？她存心拐孩子，还能告诉你真地址？我看靠不住！"周如英继续嚷叫着。

不管是真是假，谢近仙决计去安徽走一趟。

这时候，天快亮了，住在谢家隔壁的王先生摇摇晃晃地爬上了楼梯——他在外搓了一宿的麻将。见谢近仙家乱成一团，他走进来问："小晶晶的病没事儿吧？"

"病？"谢近仙和周如英全怔住了。

"不知道？——嘻，你看我，你看看我！"王先生连连敲着头，"昨夜九点来钟，你们家小保姆抱小晶晶去了医院。小晶晶发热，烧得挺厉害。"

谢近仙一把揪住他的衣服："真、真的？"

"哎哎，这还有假？"王先生挣脱谢近仙的手，"小保姆还托我给你们留个话来着。我、我去搓麻将，把这事儿给忘了！"

谢近仙和周如英这才想起小晶晶多病，请保姆时，还特意陪她去医院熟悉过环境，怎么没想到晶晶会不会发病。想到这一层，夫妻俩撒腿就往医院跑。

从他们家到医院，坐公共汽车也得三站多地。这路车晚八点到第二天早上六点停开，夫妻俩跑得气喘吁吁、热汗淋漓，一直赶到医院的急诊室。

急诊室的走廊里，蜷缩着一个瘦小的身躯，正是喜儿！她蹲在那儿睡熟了，身上披着的正是周如英那件春秋装。

"喜儿，喜儿！"谢近仙叫醒她，"小晶晶怎么样了？"

　　喜儿醒过来，揉揉眼，见是他们夫妻俩，笑了，说："小晶晶打了针，已经退了烧，在里面睡着呢！"她把身上的衣服递给周如英，"我在家找钱，后来在这衣兜里找着了，我就自作主张，先拿着用了，一共花了四十八块六角，其余的还在兜里。"

　　夫妻俩走进急诊室，见小晶晶躺在病床上正睡得香，一块石头才从心里落下来。

　　值班护士认识他们，指着喜儿告诉说："幸好有了她！昨晚上孩子高烧引起休克，迟来一步说不定就有生命危险！昨夜里她抱孩子到医院时，全身都被汗水湿透了，就像刚从河里爬上来似的。"

　　周如英哆嗦着嘴唇，却没吐出一个字。愣半晌，她一把抱住喜儿，哭了起来。

（黎　化）

晓娟成才

　　顾晓娟考了两年大学，都没达到录取分数线。她还想复习一年再考，她的父母对她却没了信心，逼着她去学理发或是学裁缝。顾晓娟不肯，她觉得理发和裁缝都是没文化的人也能干的活儿，她堂堂一名高中生，哪能干这个？于是跟父母闹翻了。

　　书是读不成了，家里也不能再呆。顾晓娟想不出有别的路，只好出去当保姆。当保姆她也怕人笑话，便不去大城市，跨过长江往苏南跑。她从报纸上看到，那儿工业发达，老百姓生活条件也好。

　　在太仓市的一个小镇上，顾晓娟通过保姆介绍所找到了一户人家。这家的男主人吴友强在县城机关里当干部，平时住机关宿舍，女主人王礼华在镇办纺织机械厂当厂长，他们有个五岁的儿子,叫小冬。王礼华对顾晓娟开始有点不放心,听说她已高中毕业,因大学没考上才出来打工的,便认真盘问了一番,甚至还考了几道高中物理常识题。顾晓娟读书时学得最好的就是物理,于是很流利地作了回答。王礼华很高兴,当即和顾晓娟订下协议:顾晓娟给她的儿子小冬当两年半保姆,等小冬上了小学,王礼华再为她安排一份适当的工作。

小冬很淘气,但也很聪明。顾晓娟便根据小冬的情况认真制订了她的"教学计划":上午,一边做家务一边教小冬背儿歌、学数数、学拼音;下午,带他出去玩;晚上,看一个小时电视,然后学说一句英语。顾晓娟还让王礼华买了好些故事书,小冬要是听话,完成了"作业",则奖励他听一个故事。小冬很快喜欢上了这个阿姨,学得认认真真,故事也听得津津有味,并且还能复述出来。

一个多月下来,效果很显著。小冬学会了数数,能从一数到一百;学会了读所有的声母和单韵母,并照着写下来;学会了下跳跳棋,下五子棋;还学会了用电子琴弹奏《世上只有妈妈好》;几句简单的英语也让他常常挂在嘴上,成天"哥的梦里"、"三克油"地跟人打招呼。王礼华乐得嘴也合不拢,来了客人,总要把儿子叫去表演、炫耀一番。顾晓娟觉得这样对小冬没好处,很想劝阻,但回过头来想想,小冬以后的发展与她并无多大的关系,劝阻的结果只能让王厂长不愉快,智商再高的家长,对待自己的儿女总是犯糊涂,于是她也就忍住,听之任之了。

雇了这个保姆,王礼华觉得自己仿佛多了一条臂膀,因公外出不再为孩子的安置劳心费神,小冬平时也不再缠着她,王礼华有一种解脱感。

一晃大半年过去了。厂里的工程师被另一家镇办厂高薪挖走,偏巧厂里又接上了一批新型码布机的供货业务,一时没别的能派上用场的技术人员,王礼华只好自己动手绘图、制图、计算,好几个晚上都忙到深夜。

这天夜半时分,王礼华还在忙着,顾晓娟端上一杯冲好了的核桃奶粉,放在王礼华面前,轻声问:"王厂长,我能帮上忙吗?"

"帮不上。"王礼华摇摇头,"搞机械制图,高中课本上的知识不够用。"

顾晓娟没吭声,坐在一旁静静地看着王厂长作图。她很佩服这个女厂长,年纪不大,却已经拿到了经济师和工程师的职称。其实连续几个晚上,顾晓娟一直陪王礼华到深夜。看了几个晚上,顾晓娟竟然看出了问题:"厂长,这个齿轮部件的安排,好像……不大合理。"

王礼华很惊奇地看着她,看了好一阵,这才说:"是不大合理,可我必须解决转速以及量杆到位问题。"

"噢。"顾晓娟应一声,又盯住图纸看了一阵,眼睛突然一亮,说,"厂长,您看,把这个齿轮再缩小四个齿,这儿加一个卡扣,转速和量杆到位是不是可以解决了?"

王礼华被顾晓娟的这个设想吸引住了,她沉思片刻,说:"就怕这个卡扣……控制不住幅度。"

"那,这个部位也缩小一下,还可以节约不少材料呢!"

顾晓娟这话一说,王礼华的思路被打开了,很快拿出了新的设计图纸。新型码布机很受用户欢迎。庆功会上,王礼华把顾晓娟也拉了去,讲了她帮助自己完成设计的经过,号召全厂青年工人认真钻研业务,不要荒废了学到的知识。在她的提议下,厂里给顾晓娟发了两百元奖金。

从此,顾晓娟成了王礼华的一名编外设计助手。她对机械图纸好像有一种天生的禀赋,王礼华稍加点拨,她一看就懂,一学就会,而且总能想出一两个很好的改进主意。王礼华对这个保姆是越来越看重,越来越称赞。她好几次许诺:等小冬上了小学,就让顾晓娟进厂当设计员。

然而,顾晓娟的不安全感却在增加。根子出在王礼华的丈夫吴友强身上。

吴友强在市直机关里当一名股级科长,人长得白白净净,温文尔雅,和王礼华的夫妻关系一向也挺和睦。妻子雇了个小保姆,他开始也没怎么留心,将近一年过去,他不断地听妻子夸奖这个小保姆,对小保姆的好感也与日俱增,回家的趟数越来越勤,到了家总往顾晓娟的身边凑。

刚开始,顾晓娟没有觉察到他的歪心。吴友强是个有身份的男人,谈吐也并不粗俗,顾晓娟甚至暗暗希冀:要是自己能找到这样一个丈夫就好了! 每次吴友强回来,除了给她带一点诸如丝巾、胸针之类的小礼品外,也总带给她一种新鲜的刺激。吴友强往她身边凑,她总是感觉到一种莫名其妙的甜蜜。对于吴友强的一些不算太出格的挑逗举动,她并不反感,至多只是骂一声“要死”便作罢。

但是吴友强的胆子越来越大,好几次,顾晓娟被他强行抱住亲了嘴,摸了胸。幸好顾晓娟不是个水性杨花的女子,一阵慌乱之后,她总能恢复理智地挣脱出来。越是这样,吴友强越是欲火难耐,对顾晓娟纠缠得也更紧。

一个星期五的下午,顾晓娟陪着小冬躺在竹榻上迷迷糊糊地睡着了。忽然,她感到一阵胸闷,睁开眼一看,是吴友强不知什么时候躺在了身边,一只手插进了她的衬衣。顾晓娟急了,挡开他的手想要呼叫,嘴却让吴友强的嘴堵住了。情急之中,她伸手掐了小冬一把。小冬“哎哟”叫一声,醒了过来,莫名其妙地看着爸爸。

吴友强只好讪讪地站起来。

吃晚饭时,王礼华回来了,她对丈夫每个周末都往回赶很满意,亲自下厨为丈夫炒了两只菜。

“妈,爸爸欺负阿姨了!”小冬突然说。

吴友强变了脸:"别胡说!"

"我没胡说!"小冬伸手搂住身旁的顾晓娟,脸凑过去就啃,"你就这样……"

顾晓娟涨红了脸。

吴友强也是一脸尴尬。

王礼华似乎明白了,但她毕竟是个很有心计的女人,觉得没必要扯破,于是不动声色地告诉儿子:"那是爸爸跟阿姨开玩笑,你出去可别乱讲!"

小冬似懂非懂地点了点头。

事情就这样过去了。两三个星期里,一切都安然如旧,吴友强每次回家,举动也收敛了不少。然而,顾晓娟心里却好生不安。她恨自己一开始没能坚决地阻止吴友强的挑逗,也担心王礼华从此不再信任她。她很想找个机会解释,却又觉得难以启齿。这种事儿,往往是越解释越说不清,他们夫妻感情一向不错,事情挑明,吃亏的只能是自己,王礼华不可能驱逐丈夫,而辞退她却是轻而易举……

惴惴不安之中,一个月过去了。王礼华虽然什么也没说,照样安排顾晓娟干这干那,照样和顾晓娟一块儿搞设计;但在顾晓娟看来,她们之间已隐隐有了一层隔膜。

又一个周末到了,王礼华出差去了上海。顾晓娟正在担心,吴友强偏偏回来了。

"厂长她……今天回不来,"顾晓娟告诉吴友强,"你……睡小冬他奶奶家去吧!"

"那又何必!"吴友强说,"这儿可是我自己的家呀!"

顾晓娟不便再说什么。

临睡前,吴友强把小冬抱去了他和王礼华睡的大房间,说是要给儿子讲故事。小冬很高兴。顾晓娟不好阻拦,只得关上了自己睡的小房间门,并上了保险锁,这才上了床。

半夜十一点,吴友强来敲门了:"晓娟,开门,你开开门!"

顾晓娟翻身坐起:"你想干什么?"

"我……找点药片,小冬有点发热。"

顾晓娟却不上当:"不行,我不能开门!"

"你……昏了!"吴友强在外面发了急,"我真不骗你! 快点,不然我踢门了!"

顾晓娟想了想,只得穿上了衣服,同时也打开了录音机放在床底下,这才开了门。

"哈,你可上当了!"吴友强进了门,一把就抱住了顾晓娟,"今晚,我们好好亲热亲热……"

"不,不不,你别这样!"顾晓娟挣扎着,"你这样做,太对不起王厂长了!"

"这不关她的事,晓娟,我不会亏待你……"

"不,你这样做就是亏待我、欺负我!"顾晓娟坚决拒绝,"你可以对不起王厂长,但我不能对不起她! 我求求你,出去……"

"哟,今天这么正经……"

"我什么时候不正经了?"顾晓娟提高了嗓音,"以前,你动手动脚,我没告诉王厂长,是怕伤了你们夫妻感情;但我绝对不会答应你的无理要求的! ——吴科长,我尊敬你,你也应该自重一点!"

吴友强依然纠缠不放:"哎呀,这是何必呢! 我是真心诚意地喜欢你,真的!"

"要是你真心喜欢我,那你松开手!"

吴友强只得松开了手。

"吴科长,我把你当大哥看。"顾晓娟一本正经地说,"王厂长可是个百里挑一的好妻子,你应该觉得满足、幸福。在我心目中,你也不是坏人,要是你是别的女人的丈夫,说不定我会答应你。可你是王厂长的丈夫呀! 她这么辛苦,我们再在她背后捅她一刀,能对得起她吗?能对得起小冬吗?要不是她,你们这个家庭有这么兴旺、这么幸福吗?吴科长,我觉得无论从哪方面比,王厂长都比你强,你也应该知足、珍惜……"

她一字一句地说着,说得很动情很投入。吴友强的欲火渐渐被浇灭下去,他讪讪地转过身,说:"好,算你厉害,我服了!说罢,他快快地回自己的房间了。

顾晓娟重新关上门,趴在床上哭起来。她的这番表演,一半出自真情一半带有设计。

两天后,王礼华回来了。晚上,顾晓娟走到她跟前,似乎迟疑再三地转了几圈,这才说:"王厂长,吴科长他……星期五回来过。"

王礼华是个聪明的女人,似乎明白顾晓娟话里的意思,她期待地望着顾晓娟。

顾晓娟转身拿出收录机,放在王礼华面前。

王礼华揿下键,收录机里传出吴友强和顾晓娟两人当时的对话声。王礼华一句一句地听完了,好久没说一句话。

"王厂长,我……让您生气了?"顾晓娟倒有点担心了。

"哦,不。"王礼华醒过神,伸手拉住顾晓娟的手,"谢谢你,谢谢你了!小冬他爸……真不是人!"

顾晓娟轻声劝解说:"王厂长,您也别……往心里去。报纸上都说,喜新厌旧是一种本能,男人怕是没几个不想有外遇的。您多体贴体贴他,吴科长也不是那种毫无道德良知的人。只是……我再住你们家,不大好。"

"怎么,你想走?"

"不,王厂长,我不想走。"顾晓娟动情地说,"我喜欢这儿,也喜欢您和小冬。只是……再待下去,不利于你们夫妻保持和睦的感情。小冬很聪明,今年虚岁七岁,我看可以提早一年上学。您跟学校打个招呼,暑假结束就送他上学吧。我也想早点进厂,早点学一点技术。您看呢?"

王礼华考虑一阵,点头说:"行,这事儿我来安排。"不久,顾晓娟就进了厂设计科。

半个月后,市乡企局给纺机厂分了一个去工学院学习深造的名额。厂里七八个青工都想去,吵得不可开交。王礼华宣布:统一考试,谁分数高就让谁去。试题是她出的,她让顾晓娟也参加了考试。

结果顾晓娟独占鳌头。

临走,王礼华请厂里的头头们作陪,特地为顾晓娟置办一桌酒席,为她送行。

酒过三巡,王礼华站起来提议:"来,为我们厂未来的工程师,干一杯!"

"干!干!"

从没喝过酒的顾晓娟激动得满脸通红,她仰起脖子,把一杯葡萄酒全都倒进了喉咙。

她的心醉了。

(黎　化)

发 财 正 道

你若寻求财富,不如寻求满足,满足才是最好的财富。

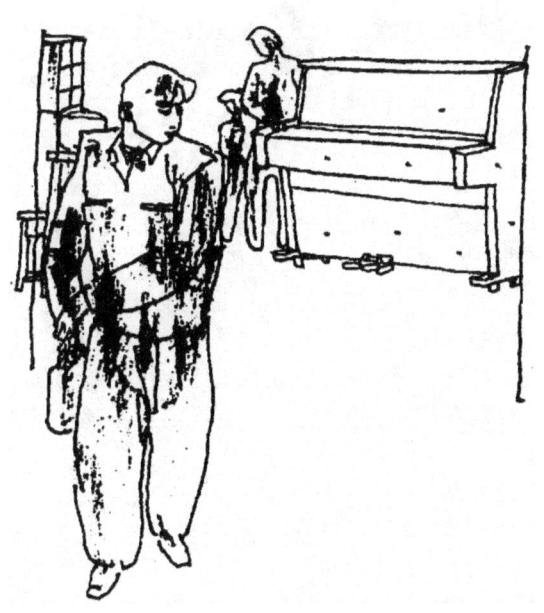

汉子有情

　　时下有一句话：东西南北中，发财到浦东。东北汉子岳传金和山东大汉祝后生在济南车站邂逅，因为借火，便成了一对吞云吐雾的朋友。上了火车，又因座挨座儿，一路攀谈，到上海时，已成了一对无话不谈的铁哥们。岳传金晓得祝后生是因家里穷、为了给久病的妻子挣药钱才出来打工的；祝后生也晓得岳传金的老婆跟一个上海的包工头跑了，他是为了寻妻才不远千里南下的。

　　祝后生一副好身架，上车、下车除了一头挑自个行李外，还一头带上岳传金的大小包裹，下车后更是两脚生风，"噔噔噔"地走在前头。

　　祝后生有力气，但带的钱不多，没几天便花完了，只好拜托岳传金给找工作。岳传金脑子比较活络,白天"打的"满街跑,一边按图索"妻",一边打探招工信息。一个月后,他和祝后生同时受聘于浦东星神家具公司,他们一个拿斧头,一个拿锯子,又成了一对好搭档。

半年后,岳传金收到一封家信。看罢信,他长叹一声,对祝后生说:"我得回去一趟,老婆要离婚,法院通知我去办手续。"

祝后生眼睛也红了,难过地说:"为啥贫时夫妻长相守,一旦有了钱就要闹离婚呢?唉,我也不干了。"

岳传金忙让祝后生打消这个念头,并许诺:"我安顿好了娃们,再来浦东陪你。"

临别,两人同睡一铺,头挨头,说了一夜知心话。天亮时岳传金说:"老弟呀,我回东北一趟,十天半月准回来,这工钱……"祝后生忙打断对方的话头说:"不要紧,到时我给你代领工钱……"

因为是计件制,也没人管你是几个人。所以岳传金走后,祝后生一个顶俩,白天黑夜拼命干。他想:岳传金离婚后,一人带两娃,还要养二老,负担重,生活一定拮据,我得多干点活,代他多领些工钱。

转眼到了年底,祝后生领了厚厚一叠钞票,共计一万零五百元整。他给自己留下五千元,余下的按岳传金留下的地址寄了去。

想不到,汇款单很快退了回来,上面贴一小纸头:原地址查无此人。

"难道地址写错了?"祝后生翻出岳传金临走时留下的地址,一查,没错!"莫非他写的地址是假的?"祝后生放心不下,决定带钱上东北寻找岳传金。

岳传金留下的地址是"吉林省靖宇县松树镇特产经销公司",在长白山一带,祝后生坐了一天一夜火车,又坐了半天汽车,还坐了半天雪橇,终于找到了这个地方。因为快过年了,公司只有一老汉守门,祝后生说明来意,老汉说:"岳传金两年前在这干过推销员,前年辞职下海去了,一直没消息。"见祝后生失望的样子,忙又补充道:"我这里有他家原来的住址。"

第二天,祝后生起了个大早,朝老鸦岭的山沟里走去。整整走了一天,天黑时才到达目的地。岭里一位朝鲜族大嫂接待了他,听他说明来意,大嫂喊来一年轻后生。那青年自我介绍说:"我就是岳传金,你找我有啥事?"

唉,白忙活了一天,原来是个同名同姓不同人的主儿,祝后生顿时全身像散了架似的跌坐在地上。

好在朝鲜族大嫂热情,端来开水让他烫脚,祝后生才算安稳地睡了一宿。第二天又步行返回松树镇。到了镇上,末班车开走了,只好再住下。到了半夜,小偷撬门而入,偷走了他的棉袄,幸亏那份工钱藏在紧贴肚脐眼的地方,才没被偷走。

祝后生千辛万苦回到家里,已是大年三十。家家都在忙着包饺子,而他家竟连羊肉和面都没买哩。

春节一过,祝后生又准备去浦东打工。临行前,为了送还那笔工钱,他又去了东北。一到那里,他就掏出两百元先在电视台播了一则寻人启事。

启事播出后的第二天,祝后生接到一个电话,一听那声音,他眼泪就下来了:"岳大哥,你叫我好找呀!你在哪儿?"

"我在图们市,做进出口生意,你有啥事求我?"

"不,不,不是求你,"祝后生解释道,"是把去年你干活的工钱还你。你告诉我地址,我马上就来。"

撂下话筒,祝后生当即冲出旅馆,一路小跑来到汽车站,搭上开往图们市的班车。

第二天下午,祝后生和岳传金终于见了面,两双手握在一起,一双手在颤抖,另一双手也在颤抖。

好久,岳传金才问:"你这么远来找我,就是为了还那几个月工钱?""对,对,不,不是几个月,是一年,我替你干的活。你看,总数是一万零五百元,分给你五千五百元,你离婚后一定困难……"

"啥?"岳传金愣了,捧着那份带着祝后生体温的工钱,好半晌才醒悟过来,"哎呀,老弟,你真傻,这份工钱本来是我给你的,你咋寻上门来还呢?""给我的?"祝后生怔住了。

"唉……"岳传金一声长叹,说出了心里话,"我的家境并不困难,你知道我是干啥的?我是专门做人参生意的。去年春上,我带着价值几十万的高丽参去上海销售,路上我怕不安全.就想雇一个保镖做帮手,正好碰上你,于是就决定借你这山东大汉的好身架,暗中替我当免费保镖。到上海后,我觉得你心眼儿诚实,再加上高丽参销路好,所以特地帮你找了份工作,并且留下来陪你做了几个月的活儿,这些工钱就算是作为对你的报答。哪曾想我一番苦心,竟被你误解了……"

"你……你为啥骗我?"一种被人捉弄的感觉,使得祝后生脸涨得通红,他手指着对方,哆哆嗦嗦地说,"你晓得吗?你留个假地址,害得我跑断了腿呀。"说罢不顾岳传金的尴尬和难堪,把自己三送工钱的事一五一十地说了出来。

岳传金摇了摇祝后生的手,眼泪不住地流着:"我没骗你,我老婆要离婚是真。这都是我不好,是我岳传金有了钱,花了心,在外搭上了一个小妞,老婆才要离婚的。后来听了你借钱替你妻子治病、常年侍候你妻子吃喝拉撒、外出打工挣钱还债的事儿,我的良心才有所发现。祝老弟呀,为付那笔'保镖费'和'道德教育费',我帮你义务做工几个月,这实在是太少了,应该付你十万、百万哪……"

（李传洪）

业余保姆

　　有个工人叫简文国，最近下岗了，一时找不到活干，心里总是郁郁闷闷的。

　　简文国的妻子叫季安秋，在一家小企业里上班，每月也就挣个四五百元。两口子加上一个八岁的女儿晶晶，目前就靠着这几个钱，不死不活地支撑着。

　　这天上午，简文国偷偷翻出一张五千元钱的存折，拿在手里看了半天，心里不是滋味，这钱是自己背着妻子积攒下的，本来是想等这笔钱攒到一定数额时，就给女儿买一架钢琴。

　　他们的女儿晶晶极有音乐天赋，目前正在少年宫钢琴班参加训练。钢琴班的孩子们大部分家里都有自己的钢琴，而晶晶没有。但晶晶是一个很懂事的孩子，知道家里经济不宽裕，因此从不在爸爸妈妈面前表露自己的心思,这反倒使简文国夫妇心里越发难受。为此,简文国曾经暗暗地下过决心,再苦再累,也要圆女儿学琴的梦!可是现在情况有了变化,为了糊口,他已托人买下一辆带篷的三轮摩托车,他准备出去拉脚。想到今后的生活,简文国不由咬了咬牙,带上存折,走出家门……

中午,简文国喜气洋洋地把一辆三轮摩托车开回家里。这时,妻子和女儿也都回来了,她们见到摩托车,都惊叫起来。季安秋忙问这车是哪来的?简文国这才把自己的打算说了出来。季安秋疑惑地问:"可是,你哪来的钱呀?"对这个问题,简文国早已想好了托词,并和好朋友高峻起通了气,他不慌不忙地解释道:"是小高借给我的。这台八成新的车只花了五千元。"

季安秋相信了丈夫的话,而且从心底里感谢高峻起的慷慨解囊。

从第二天起,简文国起早贪黑、风风雨雨地干起来了。他手脚勤快,对待客人态度和蔼,愿意坐他车的人也就格外多。半个多月下来,竟赚了一千多元,一家人好不高兴。

谁曾想,天有不测风云,人有旦夕祸福。在一个细雨霏霏的日子里,简文国送一个远道客人,回来时因为天黑路滑,不慎从山路上翻滚下来,车毁人亡。

去的就这样去了,没去的还得活着。办完丈夫的丧事,季安秋擦干眼泪,对前来探望的高峻起说:"小高,你不用担心,夫债妻还。文国借你的五千元钱,我就是砸锅卖铁也要还给你!"高峻起一听,这才想起简文国当初说起的那件事。那时,为了瞒住季安秋,自己担了个空名,想不到如今季安秋却当了真。高峻起心里开始翻腾起来:这五千元钱要还是不要?要,点头就来钱,而且死无对证,可是这样做太对不起死去的朋友了;但说不要,又实在可惜,毕竟五千元是个大数字。最后贪欲占了上风,高峻起终于昧着良心说:"嫂子,我和文哥在一块这么些年……""小高,只要你能看在文国的面上,宽限我一段时间,我就感谢不尽了。"

从那以后,季安秋为了多挣钱,白天在厂里加班加点,超负荷劳动;晚上到市区繁华地带卖烤羊肉串。星移斗转,季安秋终于攒够了五千元。

这天,季安秋找到高峻起,郑重地对他说:"兄弟,这是你文国哥生前借你的钱,你数数吧。"高峻起沉默了半天,最终还是把钱接了过去。

季安秋还完高峻起的债,又有了一个新的目标。她已把全部的爱,全部的希望都寄托在女儿晶晶身上,她暗暗地下了决心,无论自己吃多少苦,也不能亏待了女儿,一定要为女儿买一架钢琴。

季安秋除了上班,又开始重操旧业——卖烤羊肉串,又开始起五更、爬半夜地旋转起来。她的储蓄数额在慢慢地增长着,一百,二百,一千,两千……有时,她躺在床上,闭上眼,就会看到一架闪着金光的钢琴,慢慢地向自己移过来。

这天下午,季安秋下了班,正急匆匆地往家赶,突然看见高峻起的老母亲迎面走了过来,老人一手拄着拐棍,一手在不住地抹眼泪,一头白发凌乱不堪。季安秋急忙迎上去问:"大娘,你这是怎么了? 家里出了什么事?"高大娘抬头见是季安秋,一把拉住她的胳膊,叫了声:"他嫂子!"便泣不成声地大哭起来。季安秋忙劝慰道:"大娘,快别哭了,有什么事跟我说吧。"老人哭了一阵,才抬起头向季安秋说出心中的苦楚。

原来在七八个月之前,高峻起就下海南和别人合伙开了一家公司,由于经营无方,公司倒闭了。最近,高峻起又因涉嫌经济案件被公安局收审,高峻起的父亲得到消息一着急一上火,得了脑血栓。家里原有的一点积蓄都被儿子拿走了,为了老伴几千元的住院费,高大娘东挪西借,跑了一天还没凑齐,现在老伴还躺在床上直哼哼。高大娘怎么能不急？

季安秋听完事情的经过，不由想：高峻起对自己家有恩，现在他家里出了这么大的事，自己可不能袖手旁观呀！于是，她看了一下手表，说："大娘，你别着急，没有过不去的坎。你先回家，我一会儿就给你送钱去。"

季安秋回到家里，拿了存折，又急忙赶到储蓄所，把自己存下的四千元钱全部取了出来。然后她来到高峻起家，和高大娘一起将高大爷送到医院。

晚上吃饭的时候，季安秋望着女儿晶晶，将借钱给高家的事告诉了她。晶晶很懂事地说："妈，我不要钢琴。少年宫的老师对我特别照顾，他知道我没有钢琴，总是让我多弹一会儿。妈，高叔叔不在家，你应该经常去看望爷爷和奶奶。"听着女儿的话，季安秋泪花直闪，她觉得女儿说得对，是应该多去帮助帮助两位老人。

从那天起，季安秋当上了两个老人的"业余保姆"，她一有时间，不是跑医院就是上高家，洗衣做饭买米买菜自不必说，给高大爷端屎接尿也是常事，有时高大娘的老毛病一犯，季安秋又得为她求医找药，送汤喂饭。季安秋用在两个老人身上的钱，就更是一笔算不清的糊涂账了。

时间在不知不觉中又过去了两年，晶晶已上六年级了。

在晶晶十二岁生日的这一天，季安秋提前一个小时回到家里。她心里有些惭愧，有一桩事正在困扰着她：再过两个月，东北三省少年钢琴比赛决赛就要举行了在预选赛中，晶晶已经过关斩将脱颖而出，可如今，她还是没有自己的钢琴，在准备决赛的日子里，她只能在用木板画的黑白键上空弹。

一想到这些，季安秋心里就不是滋味。她走进厨房，准备晚饭，一边想着心思一边忙着手里的活。忽然外面传来敲门声，她开门一看，一下惊呆了，原来是多年没有音讯的高峻起站在自己面前,只见他又黑又瘦,满脸憔悴。季安秋惊问道:"小高,你是啥时回来的?"高峻起说:"嫂子,我、我已经回来一年多了!""啥?"季安秋更加惊讶了。高峻起又说:"嫂子,一会儿我再跟你细说。"这时,几个装卸工将一架油光锃亮的钢琴抬进屋内。高峻起指了指钢琴,诚恳地说:"嫂子,这是我给晶晶的生日礼物。"季安秋愣住了,她望着钢琴,心想,这架钢琴起码得一万多元,他哪来这么多钱?

高峻起送走装卸工,泪流满面,深深地向季安秋鞠了一躬:"嫂子,我对不起你,我今天是向你赎罪来的……"季安秋更是摸不着头脑,急着说:"小高,别这样,有话慢慢说。"高峻起擦了把眼泪,这才道出事情的原委。

一年前,高峻起狼狈不堪地从海南回到家里。当他了解了季安秋对他家的巨大帮助时,禁不住用双手猛打自己的脑袋:"我混,我真混啊!我对不起文国哥呀!"

当天夜里,高峻起就离开了家,他发誓:就是做牛做马也要偿还季安秋的情和债!他在外地一个建筑施工队苦干了一年多,终于积累下一笔钱。他知道简文国生前的愿望,经过打听,终于在晶晶生日的这一天,托人买来了这架钢琴。

季安秋了解了事情的真相,心里很不平静,酸甜苦辣一起涌上心头,她一时不知说什么才好。

(庞洪成)

百里挑一

　　外贸公司业务科副科长马鹏是个孝子,结婚十多年来,他一直试图改善老母亲和妻子肖亚如之间的婆媳关系,收效却微乎其微。好在不住在一块儿,婆媳虽然不和睦,却很少照面,也就省去了不少口舌。

　　清明节刚过,马鹏跟妻子肖亚如商量:"下个月,是我妈六十大寿,她老人家就我这么一个儿子。你看,我们给她送点什么,让她高兴高兴?"

　　"送啥还要问我?你看着办吧!"肖亚如对丈夫老偷偷摸摸往老太太那儿跑很有些意见,没好气地回答。

　　"这不是跟你商量吗?再说,同样的礼物,要是你送去,她老人家会更高兴。"马鹏苦苦相劝。

肖亚如想了想,说:"那,我们给她送什么呢?"

马鹏见妻子松了口,便赶紧凑上去:"上次,毛纺厂不是送了几斤毛线吗?我妈爱穿毛衣,你是不是抽点时间给她打一件扣子毛线外套?"

"嗨,谁有那闲工夫!我自己穿的还顾不上打呢。亏你想得出!"

"你挤点时间吧!送毛衣,意义不一般,我妈对邻里也有个夸耀:是儿媳妇一针一针为她打的——算我求你。"

"去去,要打你自己打!一针一针,你知道要花多少时间?依我看,打毛衣是中国妇女最大的浪费!"

他们家新雇的保姆小苇走过来:"大哥,大姐,你们别争了!我抽空给打一下吧。"

"你……会打?"马鹏惊奇地问。

小苇点点头,说:"会。我们村里,姑娘们都会。不会打毛衣的姑娘人家都笑话。"

"那行,明天我去量个尺寸。"

肖亚如没吱声,她担心保姆只顾着打毛衣,带不好孩子,少干了家务。

然而,她的担心却是多余的,小苇的家务活没少干,孩子也照料得很好,只一个多星期的空余时间,就把老太太的扣子衫毛线外套打好了。那针线活儿真是没得挑,不紧不松,平平整整,老太太穿在身上,要多合身有多合身。

"妈,您儿媳妇的手艺还可以吧!"马鹏跟她说是肖亚如打的。

"嗯,真不错,真正不错!"老太太乐得抿不上嘴,在衣镜前照来照去;又打开衣橱,从抽屉里取出一只足有五钱重的板金戒指,说:"鹏儿,这戒指是我们家祖传的,迟早也得给你们。现在就拿去,给你媳妇吧!"

肖亚如得到这只金戒指,自是欢天喜地,老太太过生日那天,她去定做了一只大蛋糕,又买了两盒桂圆,亲自送上门去。婆媳之间一下子变得亲密多了。

小两口对保姆小苇的手艺也赞不绝口。

"小苇,你给我也打一件吧!"肖亚如找来一件衣样,说,"就照这个式样,能不能打呀?"

季小苇看了看衣样,点头说:"这不难,我给你打。"

十天后,肖亚如也把毛衣穿在身上了。这下子,全外贸公司家属院都知道:马鹏家雇了个会打毛衣的保姆。大半年的时间里,小苇先后打了二十多件毛衣毛裤,有马鹏夫妻俩和孩子的,有他们夫妻俩的顶头上司家的,也有一些亲朋好友的。件件都匀称、平整,小苇高超的手艺赢得了大家一致的称赞。

第二年春节过后,马鹏跟着公司经理去上海,原想谈一笔服装加工出口业务,结果却没谈成。

对方的业务员姓刘,四十多岁,老刘见让他们俩白跑了一趟,很有些过意不去,打招呼说:"这次,我赔个礼。以后合作的机会多的是,下次有服装加工出口订单,我们一定首先考虑你们公司。"

"那也行。"业务经理说,"也不一定非得是服装生意不可,其他订单,只要我们能做也行。"

老刘眼睛一亮,说:"哎,你不提我还真忘了!香港一家客商要一批手工编织的毛线衣,毛线、式样、规格都由他们提供。如果你们有兴趣,组织人编织一下怎么样?"

"打毛衣呀?"业务经理不感兴趣,"这能赚几个钱!"

马鹏却立即想起了小苇的编织手艺,问:"有多大的量?一件大概多少加工费?"

"噢,量不太大,每件的加工费也就四五十元吧。不过,要是质量好,估计加工费还可以再抬高些;销路好的话,批量也会增加。据说,港澳地区和台湾市场都行销手工编织的毛衣。"

马鹏和经理商量了一下,决定先回去织一批样品试试。毕竟是桩小宗生意,经理把这事交给马鹏具体落实。

回到家里,马鹏拿出设计图样问小苇:"你看,这几种毛线衣编织的难度大不大?"

小苇认真地看了看,说:"不大,粗针活儿,很好织的。"

"那,你估计一下,织一件这样的毛衣,得花几天时间?"

"这可说不准。要是专心织,最多也就两三天吧!"

马鹏算了算,觉得这活儿有利可图。他又问:"上次听你说,你们村不少姑娘都会织毛衣。要是有专门加工织这种毛衣的活儿,她们愿不愿干?"

小苇回答:"那当然愿意了! 不出门就能挣到钱,她们都会抢着干的。"

"那好,"马鹏高兴了,"明天,我和你一起去你们村,挑几个毛衣打得好的,先把这批样品赶出来,每件可以付四十到五十元的加工费。要是质量好,订的量大了,你们村可以成立一个毛衣编织厂!"

"真的? 那可太好了!"

第二天,小苇领着马鹏回到自家所在的村,向村委会汇报了这件事。外贸公司上门来做生意,村干部们乐坏了,连忙挑选了十多个心灵手巧的妇女,一人一件就连夜赶织起来。果然,两天多工夫就全织好了,马鹏一件一件地检查,没挑出什么毛病,回到外贸公司,就让卡车捎去上海了。

一个月过去,毫无音讯。

马鹏心凉了:看来,大概是质量不过关,人家理都懒得理了。

小苇的心也凉了:就说嘛,哪有那么容易挣钱的? 香港人哪会稀罕我们乡下人织的毛衣! 她没有更多的遗憾,只是觉得挺不好意思向村里人交待。

正失望着呢,老刘却陪着一个瘦猴似的香港客商来了,说是上次送去的样品件件都好。港商这次来,想下四千件的订单,每件加工费五十元,要求一个月交货。

四千件,每件加工费五十元,一共二十万元的收入,外贸公司至少可以提成四万元。只是,四千件可不是个小数目,能按时完成吗?

马鹏没了把握,又找小苇商量。小苇想了想,说:"问题不大。我们那一带姑娘媳妇,很少有不会打毛衣的,谁家还没个三亲六眷?两天织一件毛衣,到手就是四十多元现钱,谁还不愿意多织几件呀?"

马鹏说:"那好,这笔生意我就接下了!不过,你可要多负点责任,专门给我盯着,每天到各家各户转转,发现啥问题随时提个醒。"

小苇点头答应了。

回到村里,小苇和村长一商量,村长马上召集村里的姑娘媳妇开了个会,国际形势、国内形势地一分析,要求大家从爱国的高度保质保量完成任务。接着,又让大家自愿接活。这送上门来的钱哪还有不捡的道理?于是,你报十件、我报二十件、她报三十件,不多一会儿就把四千件的任务分光了。

毛线很快拉来了。小苇根据各家报的数字,先分下去三分之一,一一叮嘱:"谁先打完了再来领,不能贪多吃不下。"

这一来,姑娘媳妇们都怕自己少挣了钱,没日没夜地编织起来,各家的男人也自动挑起了做饭、喂猪等家务活儿。小苇骑着自行车出东家门、进西家屋,吩咐张家媳妇不要织得太紧,要求李家姑娘不能放得过松。

七八天后,第一批毛衣陆续交了上来,小苇一件一件认真地检验。有两件不合格,都是她堂姐织的,小苇毫不留情,拆了一件让堂姐重织,另一件她帮着织。这一来,其他人也不敢马虎,第二批,第三批,再没发现有不合要求的。二十七天时间,四千件毛衣全部完工。

香港客商收到毛衣后,很是高兴,如数支付了加工费。马鹏带着十七万元的支票来到村里,村里提留了一万五,其余的钱全分了下去。全村喜气洋洋。

村长设宴款待马鹏。

"这回,小苇姑娘出了大力气,我们想给她开点工资。"村长和马鹏商量。

"不必了,"马鹏说,"我们外贸公司已经支给了她一笔奖金。"

"该当得,她该当得!"村长点点头,又说,"马科长,要是还有这样的活儿,拜托您给牵牵线……"

"哎,我正是为这事来的!"马鹏说,"我们了解了一下,手工编织的毛衣在港澳市场很好销,我们公司打算设立几个手工毛衣加工点,你们村也算一个,怎么样?"

村长大喜过望:"这可太好了!这可太好了!"

双方一拍即合,利用村医疗站的几间空房就办起了一家毛衣编织厂,接连加工几笔业务,都获得外商的交口称赞,外贸公司和村里皆大欢喜。

唯一让马鹏不满的是,村里选派的两个厂长,一个油嘴滑舌,不干实事,另一个老实巴交,管不了人,牵扯了他不少的精力。他向村长建议,重新挑选一个厂长。

"村里排不出人呀,能干一点的差不多都出去打工了!"村长有些为难。

马鹏的眼前忽然晃过一个身影,说:"哎,您看小苇怎么样?"

"她?太年轻了吧!"

"年轻点怕啥!头一笔业务,她不是张罗得挺好?"

村长想了想,点头说:"既然你们中意,我们没意见。"

"好,回城里我和她谈。"

马鹏回到家,跟小苇说让她回家当厂长,小苇慌得连连摇头:"不行不行,这是男人家的活儿……"

"怎么不行? 如今女厂长、女经理多了! 再说,你们村那个厂只是个加工点,供销我们帮忙。"马鹏劝说一阵,又说,"乡镇企业局正在办厂长、经理培训班,你先去听听吧!"

小苇去了,笔记记得密密麻麻,心里也多少有了点底。"我先干着试试。"她对马鹏说,"要是干不好,我还来你们家当保姆。"

回乡前,马鹏和妻子特地在家办了桌酒席,又请了几个经理作陪,为即将上任的毛衣编织厂厂长小苇送行。从没有喝过酒的小苇——给外贸公司的领导敬酒,连喝了七八杯居然面不改色,大家打趣说:看来,小苇姑娘很有潜力!

小苇当了厂长,稳稳当当地砍出了三斧头:一是把厂里的行管人员全都裁减了,会计由村会计兼着;二是把厂里的女工按家庭住址分成六个班组,分别选出了班组长;三是组织村里的姑娘媳妇们学会了钩针工艺和绣花技术,业务范围更宽了。马鹏又及时为她们联系了几批勾织台布、披巾、绒帽和绣花业务,编织厂办得挺兴旺。外贸公司和村里人都说:马鹏为编织厂选了个百里挑一的好厂长!

唯一有意见的是马鹏的妻子肖亚如,她对新来的保姆很不满意,埋怨丈夫放跑了小苇。"那可是个百里挑一的好保姆,打着灯笼也难找啊!"她经常这样唠叨。

(黎　化)

打　工　奇　遇

在最不幸的处境之中,我们也可以找到聊以自慰的事情。

傻子姻缘

　　小赵庄有个乳名叫胖娃的年轻人,他九岁没了爹,母子俩相依为命。胖娃长大后,长相不错,虎头虎脑的。他肯吃苦,有力气,老实得傻乎乎的,村邻们再不叫他胖娃,索性叫他二傻子了。

　　这天,二傻子和村里三个年轻人一同到深圳打工。三个年轻人的父母都高高兴兴地送孩子上路,唯有二傻子的老娘哭哭啼啼,说不完的送别话。

　　二傻子和三个年轻人很快在深圳一家姓钱的港商开的儿童玩具厂里找到了工作,钱老板让二傻子打扫厕所、倒垃圾、看车库、擦车子。二傻子每天干完了该干的活儿外,就学文化,练拳脚。

　　有一天,二傻子在车库里扫垃圾,突然看到垃圾里有只黑钱袋,拾起一看,里边全是百元大票,足有两千元,二傻子马上把钱交给钱老板。钱老板接过钱袋看了看,说:"这是你拾到的东西,没有失主来找,钱就是你的了,你留下用吧!"二傻子说:"我娘说,外财不富命穷人,拾到的东西应该还给失主。不是我的钱,我不应该要!"钱老板欣喜地说:"好!好!我问问司机,是谁坐车丢了钱,我先替失主感谢你啦!"

开小汽车的是个二十六七岁、长得很漂亮的女司机。这天,钱老板安排二傻子跟车去郊外接一位客人。

小车驶上宽阔的大道,女司机望望身旁正襟危坐的二傻子,甜甜地问:"二傻子,今年几岁啦?""二十五岁!""家里还有啥人?""有我娘!""媳妇呢?""人家说我傻,姑娘不肯嫁给我!"女司机微笑道:"我给你介绍个对象,你可愿意?"二傻子咧嘴笑道:"家里穷,娶不起媳妇哟!"

说话间,汽车已驶出郊外,在一段僻静的转弯处,突然从路边蹿出两个青年人,拦住汽车的去路。车停了,一个歪戴帽的对二傻子说:"喂,下来,让这妞送哥们一程!"二傻子心说:这两个家伙,不是劫车就是流氓。他顺从地下了车。"歪戴帽"弓身坐进车里,扫了女司机一眼,说:"不错,够哥们味儿!"二傻子趁另一个家伙弓身上车的一瞬间,抬脚一扫,只听"哎哟"一声,那家伙倒在车门外,嘴里叫着:"哎哟,我的腿断了!"

坐进车里的歪戴帽立即手握尖刀下了车,朝二傻子刺来。二傻子伸手抓住对方握刀的手腕猛地一拉,拉得歪戴帽栽了个嘴啃泥,两人倒在地上爬不起来了。

二傻子一声傻笑说:"服气不服气?不服气再起来试试。"他边说边挥拳"砰"打在路边的一棵树干上,小树被震得晃了几晃,落下了一片片树叶儿,两个家伙见状吓得连连求饶。

女司机赶紧招呼二傻子上车,忙不迭地调转车头,回去了。

钱老板听了女司机的汇报,大大地夸了二傻子一番后,从口袋里掏出一叠钞票,递给二傻子说:"这是五百元,表示我的谢意!"二傻子说:"同坏人斗争,是好人的责任,俺娘交待过:出力流汗挣来的钱用着踏实,不能轻易接受别人的东西。这钱,我、我不能要!"

钱老板听了这话,对二傻妈这位农村老妇人不禁肃然起敬!

这位钱老板,祖籍是安徽顺昌府,大商户,三十年代随父母来到香港经商,中年时,父母相继去世,只生一个女儿叫钱倩。女儿十八岁那年与一外国青年相爱成婚,哪知那外国青年喜新厌旧,骗走了钱家半个家业,逃走了。

钱夫人气得病倒了,临终时,她一再交待女儿,若再嫁,得找个安徽家乡人,不求门当户对,只要为人厚道,心地善良。

五年前,钱老板乘大陆改革开放的时机,在深圳办起了儿童玩具组装厂。其目的:一则以此生财;二则以便接近家乡人,为女儿重新选婿创造条件。

这一天钱老板找到二傻子,让他学开汽车,并说从明天起让他不要再干扫垃圾、扫厕所的活了。二傻子却说:让我学开汽车,我求之不得,但扫垃圾、扫厕所我照干,累不着的!

二傻子拜女司机为师学开汽车,转眼半年过去了,他掌握了开车的技术,钱老板外出时都由二傻子当司机,车开得又快又稳,钱老板十分满意。

有一段日子,二傻子很久没见到钱老板,女司机告诉他说:"钱老板病了,躺在床上不能动,老板让我去香港接他女儿来。我走了,你就多照看照看钱老板!"

二傻子日夜守在钱老板床前,寸步不离。钱老板见了,心里感慨:多年没曾见过如此忠厚的青年人啦!

女司机从香港回来了,她叫二傻子同她一道开车去边防站接小姐。二傻子见女司机提了一只黑皮箱,放在后座上,让二傻子坐在一边,自己急急启动车子,驶出厂外。车子减慢了速度,女司机瞅了二傻子一眼,说:"二傻子,告诉你个喜事儿,我在香港给你找了个对象,今年二十八岁。不过她是有过男朋友的,一年前分了手,不知你肯不肯娶她做妻子?"二傻子傻乎乎地说:"师傅,只要女方肯嫁,我没意见!"

女司机把车子开进大道一旁的树林中,停下来,微笑着说:"二傻子,想不想见见你要娶的妻子?"二傻子说:"想见,就怕人家看不上我!"女司机笑着从口袋里掏出一张照片,递给二傻子说:"你甭担心,先让你见见照片!"二傻子接过照片瞅了一眼,惊喜地说:"好,好漂亮啊,同意,同意,我要给师傅磕头!"可是二傻子再瞅瞅照片,又抬头看看女司机,顿时惊呆了:"师傅,这、这不就是你吗?师傅,你和徒弟开玩笑?"女司机说:"二傻子,对你说实话,我就是给你介绍的对象,我既然爱上你,就不能陪你过穷日子!"她说着打开了皮箱,指着箱子里的一叠叠钞票和贵重的物品,说:"钱小姐在香港一时不回来,老板病在床上,咱们趁这时候逃出深圳,咱有这辆车,有这些东西,回到家乡,一辈子都能过上好日子!"女司机说完,不等二傻子回话,就启动车子,"二傻子,这里不能久留,咱们快逃!"

二傻子趁女司机启动车子时,突然站起身,双手把女司机搂在怀里,不容女司机说话,用一块毛巾塞进她嘴里,然后解了自己的腰带,把女司机绑了个结结实实,才低声说:"师傅,你教我学开车,我感谢你,可你趁老板有病,女儿不在身边,就偷了他们的财物,要我跟你远走高飞做夫妻,这种缺德事我不干,也不让你干。钱老板没有亏待你,你吃里爬外,不如一条狗,我要把你送到钱老板那里去!"

二傻子把车子开到厂里,找到钱老板,急着说:"老、老板,我师傅她偷、偷了你的东西,要带着我驾车逃跑,被我捆起来,在车上放着哩!"

钱老板来到车前,对二傻子说:"快给她松绑!"二傻子把带子解开了,女司机拉下了嘴里的毛巾,长长出了一口气,瞅一眼钱老板,却一抿嘴笑了。二傻子见了,急着问:"钱老板,就这么了事啦?"钱老板笑道:"不会的!"钱老板边示意女司机开车边说,"走,带二傻子到墅院去!"二傻子糊涂了。车子穿过几条街,驶到山脚下绿树丛中的一个别墅庭院前停了下来。女司机下了车,推开院门,立刻从里面走出一位白发老太,笑着招呼道:"回来啦!"老太一见二傻子就喊道,"胖娃,我的傻孩子,这是观音显灵,让你一步登了天!"

此时,二傻子真的傻了,他愣了半天,才叫道:"娘,你、你咋到这里来啦?"

原来,女司机就是钱老板的独生女儿。她见二傻子人老实忠厚,傻得可爱,经多次考验,决心嫁给他。前几天,她借口去香港接小姐,其实是专程到了二傻子的老家,见到他母亲,征得老人的同意,就把她接来了。

二傻子听了,顿时喜得傻乎乎的不知怎么好,她妈忙说:"胖娃,还愣个啥,快给你爹磕头!"二傻子急忙叫道:"爹,孩子给你老人家磕头了!"

钱老板乐得哈哈大笑:"起来,起来! 待你们把婚事办了,我就把厂子交给你们!"

(齐国珍)

偏偏是她

在曹家渡一条弄堂口,有个保姆介绍所,这儿每天歪歪斜斜地排着一条"长龙",她们是清一色"花木兰",都是来大城市当保姆的姑娘大嫂们,你看她们有的站着,有的坐着,嘻嘻哈哈,叽叽喳喳,无忧无虑。可排在最后的一个小姑娘,却不说不笑,愁眉苦脸。

这个小姑娘,叫金玲,今年十六岁,是从镇江来上海的。她排了三天队,没见队伍挪前一步,她耐不住了,便跨进介绍所问道:"阿姨,还要等几天呀?我已经等了三天了!"

介绍所所长抬头看看她,笑道:"你们这些姑娘找工作,简直像找婆家,挑精拣肥的,什么要有单独的卧室呀,要有直角平面的彩电呀,还要享受星期天、固定假和探亲假呀。你说,这样的条件,有几家能经得起你们挑的? 别说等三天,我看,等三年也有可能。"

金玲两手不自主地卷卷衣角,轻声说:"阿姨,我不要这些条件,工钱低些、活儿苦些,我也干。"

所长用怀疑的目光望着她,说:"你说的是真的? 如果真是这样,我这儿倒有个现成的,价钱也不低,一百五十元一个月,包三顿饭。"

金玲马上接口:"那我答应了。"

所长拍了拍她的肩膀:"别先答应,问清楚了再说。你知道这家找保姆干什么?"

金玲摇摇头。

"他们家有个孩子,今年十岁,脑子出了毛病。"

"是个疯孩子?"

"也不是疯子,就是有点傻,怪可怜的。如果你愿意的话,下午我就带你去看看。"

金玲思索了一阵,然后点点头。

当天下午,所长把金玲带进了兆丰公寓十九号。走进屋子,只见一个孩子坐在沙发上,弯着腰在地上不停地捡东西。

"松松,你在捡什么呀?"所长蹲下身子,问道。

那个男孩像没听见似的,一点反应也没,照旧在捡他的东西。

所长叹了口气,说:"你看这孩子,多可怜!"

这时,松松妈从厨房里奔了出来,在围腰上擦了擦手,笑眯眯地说:"哟,是张所长呀,请坐,请坐。"然后望着金玲问,"这位是……"

所长站直了身子,说:"唔,她叫金玲。我带她来看看。"

松松妈忙说:"那太好了! 金玲姑娘,我们家没有其他活,就是围着松松这个中心,我们两个基本点呀不停地转!"她见金玲眨巴着眼睛不理解,忙笑着补充道:"我说的两个基本点,就是我和松松他爸。"说着她用手点了一下写字台玻璃下面的一张照片。

金玲见那照片很气派,三十吋的,把整个台面都撑满了。服装也是一流的,金利来领带,司麦脱衬衫,霸马牌西装。松松爸满脸春风,神气十足,简直像个外国的大总统!

金玲看着看着,突然感到这张照片很眼熟,好像在哪儿见过。她眨巴着眼睛竭力回忆,哟,她想起来了,在整理父亲遗物时,不也见过这张照片吗?不过,没有这么大,记得父亲用红笔在照片上打了一个大叉!

金玲指着照片问:"松松的爸好气派,他在哪里工作?"

"他是机床配件厂的厂长。"

听说是机床配件厂厂长,金玲又是一愣,她的脸一下子变得阴沉起来,脑袋像炸开一样。

为啥?原来金玲父亲原是机床配件厂的工人。一年前的一天晚上,父亲从上海回到镇江,一进门,就面孔铁青,见东西就砸。母亲以为他喝醉了酒,一问才知道厂里把他开除了。母亲安慰着父亲,说她去上海找厂长求情。父亲听了,大吼一声:"你敢!"说完甩门而去。十几天以后,上海来了电报,说父亲在上海卧轨自杀了。这无疑是个晴天霹雳。母亲和金玲整整哭了三天。半年前,母亲抛下金玲跟一个木匠走了,金玲无法再读书了,为了生计,她便来上海当保姆。

谁知一滴水竟会滴在针眼里,她竟撞进了仇人的家!

金玲见是仇人的家,本想甩手出门离去,可是别看她人小,心却不小,她继承了她父亲那任性、要强的性格,她忽然产生了留下来伺机替父亲报仇的念头。于是,她对张所长说:"我同意留下来。"

金玲的用心松松妈当然猜不到,她一听金玲愿意来当小保姆,高兴得脸上放光。她拉着金玲的手,连连说:"这下好了,这下好了,松松有好日子过了……"

第二天,松松妈一上班,金玲就开始实施她的计划了。

她关上门,板起脸,像吆喝牲口般地朝松松吼一声:"过来。"可是松松盯着地上出神,毫无反应。

金玲火了,上前一步,伸手拎着松松的耳朵:"听见吗?我在叫你!"

可是松松还是一点反应也没有。

"你装傻?我让你装傻,让你装傻!"金玲用手把松松的头使劲往下按。松松的头抬起来,她又按下去;抬得越高,她按得越重。

按了一会,她见桌子上有瓶黑墨水,忽然眼睛一亮,又想了个折磨松松的招儿。她走过去,拧下瓶盖,盛了墨水,在松松脸上"盖章",左一个,右一个,上一个,下一个,一会儿松松的白脸就变黑了。她一边喊:"打死外国赤佬,打死外国赤佬!"一边开心地大笑,一直戏弄到松松妈快下班了,她才端来一盆冷水,洗去松松脸上的墨水,还了他的"清白"。

起初这样做,金玲觉得蛮解恨。可是一星期下来,她感到有点儿腻了,不解恨了。她想:松松是个傻孩子,再折腾他,也不伤他父母的筋骨,得想个法子刺激刺激他的父母才解恨。

她正在绞尽脑汁的时候,电视机当了她的老师。一天看一部关于绑架案的电视剧,金玲激动得一夜未合眼。她想,如果像电视剧中演的那样,把松松绑出去,不也能让他父母尝尝失掉亲人的滋味了吗?对,这办法绝!

为了不让松松父母看出破绽,金玲常常在松松妈面前埋怨说,在自己烧饭时松松常常逃出去,有一次还差点和公共汽车亲嘴呢。

松松爸妈听了又惊又怕,急得对金玲说:"好玲玲,你千万当心,别让他出去。"

看到夫妻俩又惊又急的样子,金玲开心得差点笑出声来。

一天中午,金玲轻轻拉开门,见周围没有人,就拉了松松出门,把他带到一处正在拆迁的旧房子里,用绳子把他绑在一根柱子上。然后一溜小跑,气喘吁吁去打电话。

松松妈一听,惊得两眼发直,哭着喊了松松的爸爸就四处寻找。松松爸跑得大汗淋漓,松松妈哭得上气不接下气。

躲在角落里的金玲看到他俩这副狼狈相,乐得掩着嘴巴直笑,笑得流下眼泪,笑得透不过气来,想不到自己略施小计,就闹得他们天翻地覆,鸡犬不宁。

孩子找不到,松松爸妈一商量,决定到派出所报案。

金玲一听,吓了一跳。她知道警察个个本事大,他们还有又高又大的警犬,别说松松藏得不远,即使远在天边,也一定会被他们查出来的。金玲赶紧奔到那房子里,解了绳子,尔后背了松松奔到松松爸妈跟前。

松松爸见了儿子,高兴得差点儿叫他爹;松松妈一把搂住儿子,激动得差点儿昏过去。

过了一星期平安日子,金玲又在想法子报复了。

用啥办法才能解恨呢?这一天,她闲着没事,见桌上有个打火机,便拿来用手一摁,"咔嚓"一下火焰蹦了出来。再一旋,火焰变长了,长得像个小火炬,还"呼呼"直响。她感到好奇,就不停地摁,不停地旋。

这时松松嘴里"噢噢噢"地叫个不停,他也被这奇异的东西吸引住了,就伸手来夺。

金玲猛地想到:如果教松松放火,烧了他们的房子,让他们也尝尝害得我家破人亡是啥味道。这么一想,她的心禁不住猛跳起来。

金玲一反常态,笑嘻嘻地喊道:"松松,来,玩这个,快!"她手把手地教松松摁打火机。

可松松毕竟是松松,金玲教了一百遍,松松打了一百遍,可就是没引出一点儿火星。金玲生气了,泄气了,她狠狠敲了松松一记毛栗子,骂了一声:"小笨猪!"

这天,松松爸在家休息,正倚在沙发上看报纸。金玲猛地又生出一个念头。她觉得光这样搞侧面进攻、迂回打击,弄得自己也心神不宁,今天我何不当面问一问,直接了解一下父亲被开除的原因呢? 想到这里,她脸红脖子粗地走进了房间。

"松松爸,你是机床配件厂的厂长?"

"嗯。有什么事吗?"松松爸没有停止看报。

"不,不是。我有个同学,她父亲是你们厂的。你可能认识他,他是被你开除的。"

松松爸的目光从报纸上移开了,移到了金玲的脸上,问:"什么时候?"

"一年前。"

"你搞错了,"松松爸笑着说,"我们厂没有开除过职工,是厂里实行优化组合,一部分职工待业回家。你同学的父亲叫什么名字? 他现在情况怎么样?"

"他叫金枫。是卧轨自杀的!"

"金枫? 噢,是他。"

"他究竟犯了哪一条,你们要开除他?"

松松爸点了一支烟站了起来,在屋子里来回走了一会。突然他回过头来,望着红着脸、气呼呼的金玲,说:"玲玲姑娘,如果我没有猜错的话,金枫不是你同学的父亲,而是你的父亲。是这样吗?"

金玲被松松爸爸一语道破,一时不知所措,结结巴巴说:"不是,不……是,是我同学……的爸爸。"

"不管是不是,我可以把当时的情况告诉你。"松松爸使劲地抽了几口烟,然后把一年前的那件事原原本本地说了出来。

金玲的爸爸是个酒鬼,裤袋里总插着只酒瓶,不管白天黑夜,二十四小时"细水长流",而生产上常常出次品,是厂里有名的"酒糊涂",加上平时工作吊儿郎当,在厂里实行劳动制度改革时,金枫属于下岗人员。当时他情绪很抵触,厂里几次找他谈,他都当作风吹马耳。甚至还跑到松松学校里,把松松骗出学校,绑架到郊区,再打电话通知当厂长的松松爸,以松松的生命相威胁。最后,他见松松爸不妥协,就狠心下了毒手,在松松饮用的开水中放了化学物,硬逼着孩子喝下去,使松松落下了傻病。金枫知道自己闯下了大祸,卧轨自杀了……

金玲做梦也没想到,父亲的死,完全是他自作自受。更使她震惊的是,父亲还害了松松。松松的痴呆是父亲作的孽,而自己竟也折磨松松!金玲的心颤抖了,脸由红变白,泪水止不住簌簌而下。

就在这时,金玲突然闻到一股气味,一转脸,见里屋闪动着一团火光,她大惊失色:"火!火!快救火呀!"

金玲边喊边飞快地冲进里屋,只见松松手里握着打火机,正呆呆地立在床边,床上的被单、棉被都被烧着了,火苗蹿得老高。金玲顾不得说话,上前打掉松松手中的打火机,用力把他推向一边,然后跳上床拼命地扑打被褥上的火。

松松爸紧追了进来,邻居们也闻声赶来,大伙七手八脚,用衣服打,用水浇。不多一会儿,火被扑灭了。

金玲的头发烧焦了,脸又红又肿,但她顾不得剧痛,正要朝松松走去,可是头一晕,脚一软,人"扑通"摔倒在地上。

松松爸查看了一下金玲的伤势,急切地说:"我马上送你上医院!"说完背起金玲就往外跑。

金玲只觉得脸上火辣辣的,上下眼皮像粘在了一起,睁也睁不开,但她耳边清楚地听到一个邻居的话音:"民警同志,刚才这儿着了火,差一点酿成大祸。"

"我知道了。我想问一下起火的原因。"

金玲知道是民警来了解起火的原因,她使劲睁开了眼睛,见面前站着一位穿制服的警察。

只听到松松爸对警察说:"是我儿子松松玩打火机……"

"不,不是松松,是我,是我!"金玲张了张口,想打断松松爸的话,可声音低得像蚊蝇在叫,谁也没听清她在说什么,只见她泪水汨汨直下……

（陶文进）

打工奇遇

　　在城郊一条空旷的小马路上,孤零零地行走着一位背铺盖的青年。他上穿白衬衣,下着蓝涤卡长裤。衣裤很脏,沾满了灰尘,一望而知是个来自农村尚未落脚的打工仔。

　　天色越来越暗。路灯亮了,马路上落下淡淡的橙黄的光圈。有些路灯的灯泡被缺德的气枪射手当靶子打碎了,于是好些路段便一片漆黑。

　　"叮零零"一辆女式自行车从青年身边飞驰而过,骑车人是位衣着时髦、长发披肩的年轻女郎。青年漠然地朝女郎瞥了一眼,继续埋头走自己的路。

　　突然,前方响起一声短促的尖叫,似乎是女郎的声音,青年吃了一惊,朝前望去,怪哉,黯淡的马路上空空荡荡,骑车女郎像变戏法一样没了。青年愣了愣,加快步伐朝前走去。

"救命啊!"前方又传来女郎的呼救声,声音凄厉、低沉,像从地下发出的,青年的步伐更急促了。

他突然发现,路面上有一个黑糊糊的圆洞,呼救声发自洞内。这一段路灯坏了,女郎准没有看清,连人带车掉进洞里去了。

青年对着洞里喊,"大姐,别害怕,俺来救你。"他解下捆铺盖卷的麻绳,放进洞里,"绑住车子,先把车子提上来!"女郎应了声,摸黑把车子绑好,青年一使劲,就把车子提上来了。借着远处路灯光,能辨出车轮已经撞成麻花。

"别管车子,快拉我!"女郎在洞里催促。

青年再放下绳子,很快把女郎也拉了上来。女郎爬出洞口,一屁股坐在地上。

"谢谢你救了我。我的右脚脖子扭啦,没法走路了。"女郎感激而无奈地说。

青年安慰道,"你家在哪儿? 我送你回去。不过,这车子怎么办?"

"一辆破车子,不要啦! 你送我回家,我一定好好谢你。"

"谢什么! 我在老家时,火里救过孩子,水里捞过老人,都不要谢的。"

"哎呀,我算碰上好人啦!"女郎站在路边,前后张望,大概是想拦辆车搭一程吧,可黑乎乎的马路上,就是不见有车驶过。女郎显得很无奈,就对青年说:"你扶我走吧!"

青年惋惜地盯了一眼那辆摔坏的自行车,小心翼翼地扶起女郎,女郎左脚一跳一跳,就这样慢慢朝前走。

可是女郎虽然年轻体健,也难适应这种特殊的行走方式,走了不到五十米,就累得气喘吁吁、大汗淋漓。青年提议道,"大姐,这样不行,干脆我背你吧!"

女郎没有吭声，把自己的身子贴在一个素不相识的小伙子背上，这种情景想起来就脸红，如果路灯亮的话，准能看到女郎脸颊上的潮红。女郎说："谢谢你的好心，我能走。"女郎又蹦跶了几十步，心跳得快蹦出喉咙，喘气声像拉风箱，她再也走不动了。

青年猜出女郎的心思，诚恳地说，"大姐，这样什么时候能到家呢？请相信我，我是老实人，从不搞歪门邪道，还是让我背你吧！"说着蹲下身子。

女郎看不清青年的脸，但被他恳切的话语打动了，便半推半就地伏到青年背上。

青年人高马大，身子壮实，他背着女郎迈开大步，行走速度自然大大加快。

走了一段路，青年的脚步明显放慢，呼吸声越来越急促，汗水湿透了衬衣，女郎感觉到了，说道："你累了吧？休息一下。"

青年轻轻放下女郎，让她坐在道边上，不好意思地说，"肚里空，没劲啦！"

女郎惊讶地问："怎么，你没吃饭？怎么不早说！看，前面不远就到热闹的大马路啦，有饭铺，你先填饱肚子再说。"

青年受了激励，一鼓作气背起姑娘就走，很快走进一家小饭铺。

"快拿吃的来！"女郎一进门就大声嚷嚷。服务员立即赶来，女郎爽爽快快点起饭菜来。

饭铺里灯光明亮，女郎和青年这才互相看清了对方。

青年平顶头，浓眉大眼，二十三四岁，属北方农村的英俊小伙。

女郎二十一二岁，皮肤黝黑，圆脸蛋，大眼睛，穿一件漂亮的连衫裙。

饭菜上桌了。小伙子张开大口，狼吞虎咽，整整吃下一碗饭、一碗面、两盆菜，然后，他满意地抹抹嘴，打着饱嗝说："饱啦，上路吧！"

"慌什么？休息一会，你叫什么名字？"

"丁扣根。你叫我扣根好啦！"

"你是打工仔吧，什么时候来的？"

扣根顿时显得很沮丧，原来扣根家在北方某老区，受打工潮的影响，来这个城市投奔一个儿时的伙伴。不料昨晚刚出车站，就被广场的彩灯霓虹迷住了，加上人流拥挤，被扒手偷去了装着盘缠和老乡地址的信封，他急得双脚直跳，只好在广场角落里过夜，好在席地而卧的打工仔、打工妹多的是。

今天早晨，扣根掏遍了全身口袋，才找出七角钱，买两个白馍吃了，然后像没头苍蝇一样在城里乱碰乱撞，到处打听找工作。可白忙了一天，毫无所获。

姑娘听后笑了，脸颊上显出两个迷人的酒涡，说："我倒有个地方，有吃有住有活干，你去不？"

扣根大喜过望："那敢情好，在哪？"

"就在我家。"

"没说的，走！"扣根冲动地站起来。

"慢着。你对我什么都不了解，不怕我骗了你，黑了你？"姑娘笑着问。

扣根笑了："天下总是好人多，哪来那么多坏人呢？听口音，咱们怕是一个省的吧？"

"你说对了。我叫张小红。四年前，爹带我来到这个城市，吃了多少苦才站住脚。现在，跟我爹干的小伙子就有十好几呢，都是咱老家来的打工仔。"

"那太好了！"扣根兴奋得一拍大腿，"走！"

扣根身子一蹲，又要背小红。小红"扑哧"笑了，一把拉起扣根，走出饭铺，站在路边等着。

一辆夏利出租车过来,小红一招手,拉着扣根上了车。

司机问,"去哪里?"

"宋庄。"

夏利飞一样疾驶,街道两边的房屋、树木直往后退,扣根还没坐过瘾,宋庄就到了。

扣根下了车,看看周围,空旷得像农村,路边有一大片低矮的房屋,窗口闪出昏黄的灯光,不禁好奇地问:"这不是农村的庄子吗?"

小红笑答:"不错,都市里的村庄。还得委屈你一下,背我到家去。"

扣根轻轻松松背起小红,像驮一只小猫,在小红指引下走进一条小巷。扣根打量两边,尽是挤挤挨挨的房子,平房多于楼房,有砖砌的,有铁皮搭的,七拼八凑,歪歪倒倒,连自己老家的石屋都不如,而且还不时闻到阵阵尿臊气和腐臭气。他不禁自言自语:"这是什么鬼地方?"

"哈哈哈,"小红调皮地笑起来,"怎么,看不上?能赚钱就行!这就是大名鼎鼎的盲流村哪!"

扣根在小红指挥下,七拐八弯,才走进一条稍宽的街,大概够两部卡车对开。走到两扇大铁门前,小红说"到了",溜下身子,掏钥匙开了铁门,进门后随即上了锁。

呀,这是个挺大的院子,对面一排正房,右边一排厢房,房前停着十来辆三轮平板车,左边是大棚,里面黑乎乎地堆满了东西。

小红被扣根扶着一踮一踮走向正屋,扯开嗓门喊:"爹,我回来了!"

正房门一开,跑出个五十开外的老头来,见扣根扶着女儿,愣了愣,问:"小红,你怎么啦?"

"报应!爹,我掉进马路下水道啦!车子摔坏了,脚脖也拐了,幸亏碰到这位好心的大哥,把我送回来。"

"快进屋,快进屋!"张老头连声说。

各人落了座,小红对她爹说:"他叫丁扣根,愿上咱家干活。他老家离咱家不远……"

张老头不动声色听着,专注地盯住扣根看,微眯的眼中射出两道尖利的光,扣根不觉一颤。张老头脸上浮起笑意:"年轻人,你救了我宝贝女儿,我得谢谢你。你愿到我这儿干活,欢迎! 老家有什么人哪?"

"俺家当年是八路军根据地,爷爷打鬼子牺牲了,是革命烈士。爹十年前病逝,娘刚刚亡故,我给娘办完后事,一身无牵挂,就出来闯荡闯荡。"

"喔,烈士子弟,光荣! 出来闯闯好。扣根,放心跟着你大叔干吧! 别看大叔干的是捡破烂的行当,三百六十行,行行出状元,听说国外都有捡破烂发了大财的……"

扣根没吱声,原来是捡破烂,他有点失望。可是,找不到活干,眼下只好将就,何况还认识了小红……

"爹,先安排扣根住下。"

"对,扣根,你住外边厢房,不过挤了点……"

"爹,你好意思让扣根挤厢房去? 就在这儿搭个铺吧!"

张老头看看女儿,看看扣根,笑道:"噢,就依你,我的宝贝千金!"

张老头搬出一架行军床,让扣根架在客堂一角,靠着他的房间。客堂另一边,当然是小红的闺房了。

张老头回屋拿伤膏药。扣根朝里瞄了一眼,见屋里床下塞满了铜线、电机,还有一大堆直径米把的生铁圆盘。张老头检查了女儿脚脖,推拿了一阵,贴上膏药,说:"躺一天,就好了。"张老头临睡前,递给扣根一把大门钥匙。

扣根上床后,回想这一天的经历,简直像变幻莫测的万花筒,总算落了脚,他很兴奋,但毕竟过于劳累,瞌睡袭上来,不觉沉沉入眠。

第二天天一亮,扣根就醒了。开门入院,见厢房伙计们还在酣睡,再看看大棚,里面堆满了废品,什么废钢铁、废铜铝、废纸破布,分门别类堆得像山一样。扣根拿起一把扫帚,轻轻把院子扫了一遍。

扫完地,扣根好奇地上街转悠。白天所见,印象比夜间更凌乱差劲。街巷高低不平,墙边拐角,由于不拘小节的男子汉随意方便,尿臊气刺鼻。看看屋顶上,蛛网般的偷电线路乱七八糟地搭在电力线上。街两旁店面不少,招牌琳琅满目,有单间门面的"宇宙服装厂",炸油条、烤烧饼的"大众点心店",不知生产什么的"美味食品厂",再过去竟是养猪场,听得到肉猪的嚎叫,闻得到扑鼻的粪臭。接着是"丽姿美发店"、公厕⋯⋯

扣根大惑不解,现代化的都市怎会有如此脏、乱、差的地方?原来宋庄地处城乡结合部,城市和乡村的管理部门职责不明,互相推诿,结果成为盲流人员的风水宝地。他们租用农舍,安营扎寨,开展各种经营活动。由于鱼龙混杂,少不了违法乱纪、为非作歹的事情发生,时间一长,宋庄成了藏垢纳污的处所。这些内情,扣根是后来才明白的。

扣根失望地转回张家,发现铁门旁挂着一块"湖海物资再生公司"的大木牌。走进院里,见东厢房的一班小伙子已经起床,他们见扣根进来,一个个直愣愣地瞧着——能在老板堂屋里住宿的人,定然不是等闲之辈。

扣根懂礼貌,拱手向众人连连作揖,说:"各位大哥好,小弟初来乍到,什么都不懂,还望各位大哥指点。"这么一说,伙计们的脸色才缓解了,纷纷朝他点头微笑。

"扣根!"突然有人大叫。

扣根一惊,迎着声音一看,不觉大喜。朝他走来的,不正是自己要找的韩石头么？昨天大海捞针无觅处，今日相见毫不费功夫。这对幼时伙伴立刻紧紧抱在了一起。

扣根握住石头的手问："你怎么离开建筑队了？"

"活儿太累，老板不把我们工人当人，工资也不高，我跟老板闹翻了，后来到了这里，才定下心来。这儿活儿轻，收入高。别小看收破烂，油水大着呢！"

吃早饭时，张老头正式把扣根介绍给大家，然后问扣根，"休息一天再干活怎样？在家陪陪小红。"

众人对此话极为敏感，眼光"刷"地齐射扣根。扣根脸红了，急忙道："休息什么？今天就干活！"

张老头说，"也好，你就跟石头一起干，先熟悉熟悉业务。"

这时小红在闺房里喊起来："扣根，你来一趟。"

扣根应了声，不自然地走过去，他感觉得出，那许多喷着炉火的眼光都刺着他的脊梁骨呢！他走进闺房，小红还躺着。"脚好些了吧？找我有什么事？"

"没什么事就不能找你了？我听得清清楚楚的，爹叫你休息一天陪我，你却不肯，你眼里有我么？"

扣根紧张了，"吭吭"了一会才说，"哪能呢？你想，那么多眼光盯着我，我……一个大男子汉，好意思不干活陪大闺女吗？"

小红"扑哧"笑了："我就让他们知道，让他们眼红！早点回来看我……"

伙计们纷纷出发了，无非踩一辆三轮车，车上搁一只尼龙袋。那袋大极了，撑开来足能搁下一条牛。石头蹬车，扣根坐在车平板上。

"扣根，你小子真有艳福，小红对你一见钟情。她那闺房，向来不准我们跨进一步的，可你……"石头的话里充满醋意。看得出，他对小红钟情已久，但不过是可怜的单相思而已。

"嘿嘿，看你说的……"扣根含糊地回答，忙把话扯开，"这车好踩么,让我试试。"

"好学!跟自行车不一样,别管直走拐弯,死活抓紧龙头,把住方向,使劲蹬就行!"

扣根与石头交换位置一试,果然一学就会,高兴得哈哈大笑。

车子驶进居民区,石头大声吆喝:"收废品咯!废铜烂铁,废纸破布,换钱咯!"他边走边叫,却无人应声,也无人送废品出来。石头骂了声,去敲一家的门。门露出一道缝,一个老太太隔着防盗门不耐烦地说:"没有没有,快走快走!""砰"地关上门。

石头气得直瞪眼,见门外空地上晾着十来件衣衫,周围又无人,便迅疾地把衣服撸下,揉成一团,塞进尼龙袋里。

扣根见了,瞪眼说声:"你?"直皱眉头。

在居民区转了一上午,石头边收边偷,连孩子丢在路边的一辆崭新的三轮玩具车,也提起来丢进尼龙袋。

中午在面馆吃面,扣根憋不住批评石头道:"收破烂就收破烂,怎么能顺手牵羊偷东西呢?没想到你进了城竟学成这样!"

石头却满不在乎:"张老头手下的人都这么干!城市人富,我们穷,捞点他们的油水没关系。"

扣根正色道:"别忘了咱是老区的青年,咱要像个革命后代的样子!"

石头笑了:"革命后代?革命后代值几个钱?现在的世道,有钱的是大爷,没钱的靠边站!你啊,跟不上时代咯!"

扣根被石头那副教训人的口气说愣了,闷闷地低头吃面。

下午往回走,经过某大厂废料堆,就更热闹了。石头把三轮车停在废料堆前,见没人路过,就"吭哧吭哧"朝袋里装,还直催扣根:"快装!你不干,喝西北风去?"

扣根长这么大,没干过偷鸡摸狗的勾当,不得已拿起拳头大一块废铁,觉得比昨晚背的小红还重。他磨磨蹭蹭,提心吊胆,不住地左右观望,才把废铁塞进尼龙袋里,心里可别扭极了。扣根再也不肯动手,他头脑中冒出了一个新念头——另择行当。

傍晚回到湖海公司,扣根打盆凉水擦了身,就去看小红。

小红见了扣根就笑:"有什么心事呀,沉着个脸?"

扣根开门见山说:"收废品是利国利民的好事,我愿干。可石头边收边偷,不管私人的、公家的,偷的比收的还多,还说大家都这么干。这样不干不净的活,我可干不来!"

小红见扣根的严肃模样,收敛了笑容,认真回答说:"石头说得不错,要不这么干,我们怎能富得起来?扣根我问你,你出来打工为什么?是不是为了赚钱?"

扣根惊诧地盯住小红,觉得她一下子变陌生了:"不错,我是要赚钱,有了钱,我才能甩掉穷帽子,过上富日子。可我要干净的钱,用自己的诚实劳动换来的钱。小红,偷是犯法的,老百姓痛恨盗贼,难道你连这个道理都不清楚吗?"

小红长叹一声道:"扣根,我理解你的想法。四年前,爹和我刚来这里收废品时,也像你这么想,这么做。每天,爹拉板车外出收破烂,我在家里留守,受的辛苦一言难尽,可钱赚得不多,还常常被城里人当孙子骂。后来,我见有人把好好的机器零件、电缆电线,大小电机等能用的货色送来。我用比废品高一点的价钱买下,再高价卖出。卖的人高兴,我也高兴。后来一打听,卖这些货的人,都是工厂的工人。爹和我这下子开了窍:既然工人能偷,我们为什么不能偷?"

扣根惊讶地瞪着小红,露出一副难以置信的神情。

小红接着说:"扣根,你别瞪眼看我。你太纯洁了,不知道社会实际情况。我们在城里,天天看报纸电视,消息要灵通一些。现在政府里一些当官的,企业的不少厂长经理,别看他们西装笔挺,神气活现,其实,用国家的钞票花天酒地,把百姓的血汗钱大把大把往腰包里揣。他们难道不在偷?他们是大偷,我们算小偷。他们偷得,我们为啥偷不得?你想不通这一点,一辈子别想富!"

"要是靠偷致富,这样的脏钱花着也亏心,我宁肯不富。我就不信,天下人心都变坏了!小红,说句掏心窝的话,俺娘临终的时候,你知道她怎么叮嘱我的?想起来,就像昨天的事。娘说这番话时,声音缓缓的,轻轻的——扣根,娘知道你早就想到南方打工,是娘的病拖住了你。现在娘要走了,你可以如愿了。记住:你是烈士的子孙,不能给祖先脸上抹黑,要多做好事,不做坏事……娘说一句,俺嗯一声。娘说完了,头一歪去了,俺号啕大哭,朝天发誓,一定听娘的话……我不能违背誓言,说话不算数。这儿的活计,我实在没法干……"

小红紧锁眉头,为难地说:"你刚入伙,就不干了,我爹会怎么看你呢?爹可是说一不二的人……"

扣根抿紧嘴巴不吭声。

小红侧头想了想,说:"有了,我提个两全其美的办法。明天我能下床了,我给你打听打听,另找个活儿干,对爹只说人家借用,我答应的。晚上你仍到这儿住,好吗?"

扣根不忍心辜负小红的一片真情,点点头,转身走了。小红望着扣根的背影,又爱又愁……

第二天,一辆东风卡车开进院子拉货,扣根自告奋勇留在家里装货。司机四十来岁,蹲在一边和张老头抽烟拉呱,忽然,他望着扣根问:"小伙子,新来的吧?"

扣根点点头,反问道:"师傅,听口音您是本地人吧?"

司机笑着点头:"我和你们张老板是老交情啦!"

张老头说:"扣根,叫王师傅,这院落就是他家的。王师傅开车发了,在城里买了房子,把这院子让给了我。王师傅是咱的老搭档啦!"

扣根赔笑喊了声"王师傅"。

　　第三天，小红果然为扣根在"美味食品厂"找到了工作。她给爹打过招呼，扣根就兴冲冲地去上班了。

　　名为食品厂，实为小作坊，不过是打通了夹墙的两间破砖屋。地上污水横流，墙壁斑驳，屋里摆几口大缸，几只水盆，一个大案子上堆着肠衣、肉浆，几个男女正忙着灌肠。屋角一口大锅，"咕嘟咕嘟"煮着香肠，香气和臭气交融，苍蝇在蒸气中飞翔，人一走动，就"嗡"地惊起一大群。

　　老板姓马，是个胖子，见扣根高大结实，便点点头，指着大缸说："你负责洗肠。"

　　扣根朝缸里一望，臭气熏得他差点呕吐。缸里泡着白蛇一样的肠子，已经发绿，手一拨拉，冲出一股臭气。扣根皱皱眉，卷起袖子开始干活。人的适应能力是很强的，干了一阵后，扣根有点习惯了，这大概就是"久而不闻其臭"的道理吧。

　　洗肠是苦活，肠内壁沾着黄绿色的稀屎，又黏又滑，加碱洗了又洗，冲了又冲，还是难洗尽。扣根不停地干着，热得大汗淋漓，索性光了上身干活，还是跟不上灌肠的，灌肠的人停工待料了。

　　马老板发现流水线脱节了，向扣根吆喝道："新来的，快干，供不上肠衣要扣工资的。"

　　扣根不满地反驳道："没见我一直干着吗？"

　　"我是说，洗个差不多就行了，又不是家里烧菜。"

　　"不洗干净，能卖给人家吃吗？老板，还是加一个洗肠工吧！"

　　马老板大板牙一龇："我说了算还是你说了算？老话说，污糟污糟，吃了长膘。放锅里煮熟，就是最好的消毒。"

　　扣根无奈，心里暗骂老板黑心，手上只好简化工序，把不大干净的肠衣送到案上。调料工在肉馅里放进大量香料、色素，煮熟后一晾，倒也香喷喷、红彤彤，蛮像个样。

一个多礼拜过去了,扣根在张家电视上看到一则当地新闻:某小学发生食物中毒,一百多小朋友腹泻呕吐,幸亏及时送医院抢救,才没有死人。据初步调查,问题出在食堂购进的不合格香肠上,而香肠的生产单位却无从查处……

扣根一见新闻脑子就炸了,他总觉得,那些毒害小学生的香肠,就是经他的手炮制出来的,他有罪……夜里他做噩梦,梦见香肠变成一条条毒蛇,成群结队向城里人爬去……

第二天一上班,扣根义无反顾找到马老板,直言不讳道:"马老板,看到小学生吃香肠中毒的电视新闻了吧?那香肠很可能就是我们厂生产的。再不能害人了,快快改善卫生条件,严格质量标准……"

马老板嘲讽地看着扣根,好像在看一头猩猩:"你敢污蔑本厂产品?不干就走人!在这里找一百条狗不易,找一百个工人不费吹灰之力!告诉你,我的香肠是有卫生防疫站的合格证的,看,这是他们收费的发票!谁要你狗咬耗子,多管闲事!"

扣根觉得一股闷气在胸膛里膨胀,憋得喘不过气来,他大喊一声:"我不干了,结账吧!"一会儿,他揣着马老板给的几张钞票,愤然走出这个臭烘烘的食品厂。

人走在街上,可马老板和防疫站老在脑袋里打转。扣根愤愤地想:他们的良心给狗吃了!难道世道人心真像小红说的那样变坏了?他的心好沉好沉,漫无目的地走了一阵,最后踏进一家小酒馆。

扣根本不沾酒,这回竟要了二两白酒、一盘花生米,闷闷地喝起来。酒一下肚,扣根就醉意朦胧,思想麻木,暂时摆脱了痛苦。他又要了碗面,"呼呼噜噜"趁热吃下,真是酒足饭饱。"付账!"扣根一声吆喝,一个束围裙的中年男子跑来报:"八元。"

扣根抽出一张钞票递过去:"十元,找二元。"

中年人看看钞票,看看扣根,回去又回来,把厚厚一叠钞票交给扣根："小师傅,你刚才给我的不是十元,是一百元,我该找你九十二元,请点清。"

扣根收下钞票,发晕的大脑忽然充满了喜悦和激动。他猛站起身,双手握住中年男子的手直晃,含糊不清地说:"谢谢,太谢谢你了。你有良心! 你的良心告诉我,世上还是好人多啊……"说着,两颗大大的泪珠从眼角滚落下来……

扣根回到湖海公司,天色已黑,院里和厢房里空无一人。扣根诧异地走进客堂,小红闻声从闺房迎了出来。

"扣根,你回来啦! 有宗大买卖,全体出动了,我专等你回来去帮忙。"

小红看到扣根呆呆的样子,又闻到一股酒气,马上到厨房端来一盅醋,灌进扣根嘴里,然后拉起他就走。

扣根自然不知道就在一小时前,小红和爹有过一场唇枪舌剑,那是王师傅的卡车出发前的事。张老头问小红:"扣根呢? 今晚他得去!"

"他被食品厂借用,累了一天,就别去了。"

"小红,你对爹耍心眼,还当我不知道? 石头早告诉我了,扣根不愿在这儿干,全是你拉着他,才弄成这模样。我明说了吧,扣根是个傻瓜,跟咱不是一股道上跑的车。你想跟他,我不会答应。明天就叫他走,除非他回心转意……"

"爹,扣根是好人,就是脾气太倔,我劝过他好几回了……"

张老头阴险一笑:"我倒有个法子。今晚你等着他,把他哄到现场去。只要他干上一回,以后就听话了。"

小红低头不吱声。她知道这样做风险大,如果被扣根识破,发起犟劲来,必定闹崩。但不这样做,扣根就得离开她。两相比较,爹的主张毕竟还有一线希望。她爱扣根魁梧英俊,勤劳肯干,更爱他淳朴忠厚,秉性善良。扣根是难得的好丈夫,非韩石头之类凡夫俗子可比,她绝不放弃扣根。

扣根踩起一辆三轮,小红在车上指路,驶到一个很大的机电仓库。

仓库有长长的围墙,大铁门敞开着,扣根的三轮进去,警卫室却无人过问。扣根觉得反常,问小红:"晚上来做什么买卖?"

"仓库有一批废品要清理,我们吃下了,现在来取货。这仓库大,进货、出货不分白天黑夜,总有人值班的。"

说着,已听到人声和金属撞击声。路灯光下,看见王司机的东风卡车停在一排仓库前,库门大开,弟兄们出出进进,正把废料搬上卡车。

张老头站在驾驶室踏板上指手画脚,见小红和扣根来,笑着招手,叫他们上车码货。

扣根上车搬了几件货,都是崭新的导线、变压器、电机之类,并非废金属,心中大生疑惑。四下一看,不见一个仓库管理人员,便暗暗提醒自己:情况不对头,可不能糊里糊涂上贼船。他灵机一动,拉拉小红说:"下午吃的饭不卫生,闹肚子了,得方便一下。"

小红瞪他一眼道:"真会凑热闹,快去快回!"还掏出手纸给他。

扣根下了车,借黑暗和障碍物掩护,溜到大门口,摸进警卫室,顿时大吃一惊:四名警卫嘴里塞着毛巾,手脚捆得像粽子一样,成一溜躺在墙边。他们见扣根进去,发出轻微的哼哼。扣根脑中"轰"地一声,什么都明白了。他恨张老头和王司机合谋,策划了这起严重的盗窃行动;怨小红欺骗他,拉他下水。扣根立即给警卫松绑。警卫室电话已被破坏,一名警卫忙到外面打电话报警,扣根则带三人手持棍棒,回现场阻止。

扣根和三名警卫一出现,盗贼们全怔住了。扣根顶天立地站着,满腔义愤,痛心疾首地喊起话来:"张大叔、小红、弟兄们,偷盗国家财产的坏事干不得,要坐班房的。你们快住手,把东西搬回去,警察马上就到!"

张老头不服输,急于稳定军心,大声回答:"丁扣根,我待你不薄,你怎么跟我作对,断弟兄们的财路?你的良心何在?"

一个"良心"惹火了扣根,他怒气冲冲反驳说:"什么是良心?谁没有良心?张大叔,你把弟兄们朝犯罪的邪路上引,你才没良心!弟兄们,悬崖勒马吧,别给金钱迷了心窍!"大义凛然的声音在夜空中回荡。

"扣根!"小红尖叫起来,声音中交织着惊恐、焦虑、伤感和哀求,"看在我面上,闪开道让他们走,我留下跟着你。"

"不行!"扣根威严地挡在卡车前头,"要走,就从我身上压过去!"

"打!"张老头一声令下,石头等一伙挥起铁棒,直扑过来。扣根处于一比三的劣势,但毫不畏惧,奋勇抵抗,铁棒相碰,"叮当"有声,直迸出火星来,击打声中夹杂着惨叫声。

小红见扣根处境危急,急得双脚直跳,连呼:"别打了,别打了!"可没人理她的话。她恐怖地看着眼前发生的一切……不好,扣根被一棒扫着了小腿,"扑"地跌倒在地上,石头趁此机会高举铁棒进逼……"石头!"小红高叫一声冲了上去,石头诧异地一扭头,小红飞出的秤砣正好砸中他脑袋,石头摇晃着倒了下来,小红一下扑在扣根身上,用身体护住他……

"小红,你疯啦?"张老头歇斯底里叫喊起来。

王司机等不及了,发动汽车要逃命,打手们纷纷上车。张老头铁青着脸站在踏板上,声嘶力竭喊:"小红,快上车!"见小红没有反应,张老头的眼光变得分外冷酷,一挥手,汽车起动了,朝着扣根和小红压了过来……

车灯的强光照亮了小红惊恐的眼睛,她身子贴着扣根,扬起右臂阻挡卡车,喊着:"爹,扣根是对的,我们错了,现在改过还不晚!"

　　但是，张老头对小红的话置之不理，在他的指挥下，王司机反而加快了车速，车轮朝扣扣根和小红越逼越近……

　　在这千钧一发之际，夜空里响起了警报声，三辆警车从大门外冲进来，堵住了卡车的去路，也堵住了这场抢劫。

　　仓库警卫向警官介绍："就是这位小伙子救了我们……"

　　一位警官向扣根立正、敬礼，热烈握手。

　　警察们将张老头一干人逐一押上了警车。

　　小红也被带走了。

　　小红回头向扣根投去深情的一瞥。扣根百感交集，迷茫的双眼凝视着小红，凝视着远去的警车……

（杨承烈）

www.ingramcontent.com/pod-product-compliance
Lightning Source LLC
Chambersburg PA
CBHW060825120626
46557CB00001B/373